秋霜

ブラディ・ドール❹

北方謙三

ハルキ文庫

角川春樹事務所

BLOODY DOLL

KITAKATA KENZO

秋《しゅう》霜《そう》

北方謙三

秋霜
BLOODY DOLL
KITAKATA KENZO

目次

1 落日……7
2 海の絵……15
3 肉……25
4 ワイン……37
5 拳《こぶし》……48
6 眠気……57
7 眼醒《めざ》めればひとり……67
8 コーヒー……77
9 男の葉巻……89
10 プレイボーイ……98
11 法律家……110
12 隠れ家……121
13 刑事……130
14 老人……140
15 登攀《とうはん》……153
16 夢……161

17 魚……171
18 子供……182
19 パーティ……193
20 朝食……203
21 キドニーの岩……214
22 コーヒーブレイク……224
23 船……234
24 敵……244
25 画家の部屋……255
26 戦場の娘……268
27 豆乳……279
28 雨……289
29 夜の空……300
30 秋……311

1 落日

めずらしい名前のホテルだった。

海べりのリゾートという感じだが、街からそれほど離れてもいない。

私は、車と一緒に画材や荷物もベルボーイに任せた。おかしな扱いはしないだろう、ということは、ベルボーイの挙措《きょそ》ひとつを見ても大抵わかる。世界じゅう旅行をして、数えきれないほどのホテルに泊まってきた。

この街に入ってから、玲子《れいこ》はちょっと気分を悪くしたようだった。なぜなのかは、わからない。シートに身を沈めたまま、身動きひとつしなかったのだ。

一度だけ、明確な意志を示したのは、シティホテルへ車を入れようとした時だった。眉《まゆ》を寄せ、首を激しく横に振った。

仕方なく、私はシティホテルをやりすごし、市街を抜けて、海沿いの道を走ってきた。旅館くらいなら、見つかるだろうと思ったのだ。これほどのホテルがあるとは、想像もしていなかった。

玲子も、このホテルに拒絶反応は示さなかった。

「続き部屋《スウィート》が欲しい」

フロントで、私は言った。海の絵。しばらく滞在するには、恰好《かっこう》の場所かもしれない。

「セミ・スウィートなら御用意できます。リビングとツインベッドルームの組み合わせでございます」

フロントクラークは、初老の穏やかな眼《め》をした男だった。私は頷《うなず》いた。

「御予定は？」

「それが、はっきりしない。少なくとも、三日ばかりはいてみようと思っているが」

「それでは、九月十四日の御出発ということにしておきます。一応の御予定ということで」

「船は借りられるかね、ここで？」

「御自分で、操縦なされる船でございますか？」

「いや。乗せて貰《もら》うだけさ。沖の海の色を見たり、陸地を眺めたり」

「それでしたら、むかいのヨットハーバーにクルーザーがございます。クルーがおりますので、御不自由はかけないと思います」

頷いて、私は宿泊カードにサインした。名前を見て、フロントクラークはかすかに笑みを洩《も》らした。誰でも知っているというわけではないが、絵が好きなら私の名前はわかるかもしれない。

「御案内いたします」

ベルボーイが、キーを握って先導した。

四階までしかない。部屋数も、百あるかどうかというところだろう。

四階の、左端の部屋だった。窓が二面に開いていて、海とヨットハーバーが見渡せる。

ベルボーイが、バスルームや非常口の説明をして出ていった。

「いいホテルだ。なかなかのものだね」

玲子は、窓際に立って海を眺めていた。私が言ったことが、聞えたようではなかった。

私は、バスルームへ行き、きちんと湯が出るかどうか確認した。外国を旅行すると、こういうことが習慣になる。

チャイムが鳴った。車を任せたベルボーイが、キーと一緒に荷物を運んできた。

「車は、駐車場に入られて、一番右の列の三番目です。そこが、潮風の少ない場所ですので」

「ありがとう」

チップを渡そうとしたが、ベルボーイは受け取らなかった。

「従業員の教育もいいようだ」

「そうね」

玲子は、まだ海を眺めたままだった。九月の海。すでに穏やかではなくなっている。どこか冷たそうでもある。

「気分は？」

「大丈夫。ごめんなさい」

「謝ることはないさ」

「旅行に行きたいって、あたしから無理に言い出したのに」

「私ぐらいの歳《とし》になると、これぐらいの運転がちょうどいい。東京から、三時間というところだったかな」

スピードを出すような歳ではなかった。百キロほどで、静かに走ってきた。

「運転、あたしが代わればよかったんだけど」

「おまえの運転は、無茶すぎる。助手席で胆《きも》を冷やすより、ハンドルを握っていた方が楽さ」

クローゼットのハンガーに、上着をかけた。かすかに、潮騒《しおさい》が聞えてくるようだった。

東京を出たのは、昼食を摂《と》ってからだった。もともと、目的があるわけではない。この方向を選んだのも、玲子の気紛《きまぐ》れのようなものだ。私は、海があればいい。それから、玲子がそばにいればいい。

「先生、バスをお使いになる？」

「そうだな」

「あたし、流してあげるわ」

「おいおい、勘弁してくれよ」

「せっかく、旅行に来たのに」

「そんなことを、愉《たの》しむ歳でもなくなっているのさ。それより、おまえがさきにバスを使った方がよさそうだな。ジャグジーがついてる。気分がよくなるかもしれんよ」

ソファに腰を降ろした。調度も悪くない。高級品が並べてあるわけではないが、色合いや質は充分に吟味してあった。

私のそばに、玲子が腰を降ろした。

「なんだね？」

玲子の唇が動きかけたのを読みとって、私は言った。

「いえ」

「気分が悪いんじゃないのかね？」

「先生、やさしすぎる」

「若さがない分、男はやさしくなっていくものさ」

「やさしすぎるって、残酷なことよ」

「ありふれた言い方だね」

「そうよね」

かすかに、玲子が笑った。

前にも、同じような会話を交わしたことがある。やさしいということとは、少し違うのだ、とその時は言った。人の弱さも醜さも、みんな受け入れようという気分になっている。人が生きるということを、こよなく健気《けなげ》なものだと思うようになっている。そういう年齢なのだ。そう言った。

玲子と会ったのは、一年前の夏だった。

友人が催した還暦のパーティに、手伝いというかたちで、玲子はやってきていた。友人の行きつけの店の女の子で、その店のママも含めてほかにも四人来ていた。

友人は、なぜか玲子だけを私に紹介した。時として気難しくなる私を、玲子ならうまく扱うだろうと考えたのかもしれない。

二十歳《はたち》そこそこの女の子の、御機嫌をとるほど、私は元気でもなく、生々しい人間らしさも残していなかった。その一年半ほど前、三十年以上も連れ添った妻を死なせたばかりだった。自分の生も、もうすぐ終るのだろうと、なんとなく思っていた。

玲子は、私のそばに立っていただけだ。ホテルのパーティ会場は、冷房が効きすぎていて、私はなるたけ冷たい風を避けるようにしていた。すると玲子は、そういう場所へ、さりげなく私を導くのだ。

なんとなく心が和んだ。そう表現すればいいのだろうか。

十日ほど経《た》って、私は玲子のいる店へ飲みに行った。飲むのはほとんどホテルのバーで、銀座のクラブなど、年に一度か二度、人に連れられていけばいい方だった。

私の姿を認めて、玲子はびっくりしたように立ちあがった。憶《おぼ》えているかどうか。そう思って顔を出した私には、意外な反応だった。

あまり言葉は交わさず、一時間ほど飲んだ。知り合いの小説家が入ってきて、席が賑《にぎ》やかになった。それでも玲子は、静かに私の隣りに腰を降ろしていた。

四度ほど、その店に通った。

君の絵を描《か》かせて貰えないか。そんなことを言って、女の子を口説《くど》いた経験が、私にもないわけではなかった。画家の常套的《じょうとうてき》な口説き文句だ。玲子に、それは言わなかった。静かに、飲んだだけだ。妻を死なせてから、女体に遠ざかったという気後れが、私にあるわけではなかった。もともと、臆病《おくびょう》な方でもない。

玲子をそばに座らせている。それだけで、私は満足していたようだ。

五十八歳という年齢が、すでに老境なのかそうでないのか、私自身にはわからなかった。人は、私を老人とは扱わなかった。ただ、玲子への接し方は、老人のそれだったという気もする。

画商が、私の作品展をあるデパートで開催した。なにがなんでも、自分の絵を売りたいという気を、私は失いかけていた。会場にも、それほど出かけていかなかった。

たまたま、別の用事でデパートのそばを通りかかった。ついでという感じで、私は会場に顔を出した。

ベニスの夕暮を描いた絵の前に、玲子が立っていた。私には気づかず、十分ほどそこに立ち尽していた。私が、一番気に入っている絵だ。夕暮。建物のシルエット。赤と黄色の雲。

人生の夕暮を、私は妻を失うことによって、他人よりも早く感じはじめたのかもしれない。

ふりかえり、私の姿に気づいた玲子は、びっくりしたようにうつむき、頭を下げて立ち去ろうとした。呼びとめていた。

さみしい絵をお描きになるんですね。

短く、玲子はそう言っただけだった。

食事に誘った。成行のようなものだった。

行きつけのレストランで、ワインは好きかと訊《き》くと、玲子は素直に頷いた。一九七五年のシャトー・ラトゥール。ラベルを見て、玲子は低く声をあげた。若い女の子が、ワインの見分け方を知っているのは、私にとってはちょっとした驚きだった。

玲子と親しくなったと思ったのは、その時からだった。

時折、食事をしたり、電話をかけ合ったりし、やがて当然の成行のように男と女になった。

抱いたあと、かすかな罪悪感に襲われた。私ははじめて、玲子に対して持っていた感情が、娘に対するものと似ていたのだ、と自覚した。

私には、子供がいなかった。

娘がいたなら、私は最初から自分の感情のありようを理解して、決して玲子を抱くなどという真似《まね》はしなかっただろう。

「もうすぐ、陽《ひ》が落ちるわ」

ぽつりと、玲子が言った。

私は、窓の外の海に眼をやった。沖の方は、斜めからの光線でまだ輝いている。

「早くバスを使ってきなさい」

頷いて、玲子が立ちあがった。

黒い髪。黒い服。玲子の服の趣味は、黒と白だ。いまは、白がベルトだけだった。

ベッドルームへ入っていく玲子の後ろ姿から、私は窓の外の夕暮の海に眼を移した。

2　海の絵

夜半に、眼が醒《さ》めた。

玲子は、ベッドにいなかった。遠い潮騒と入り混じって、人の声が聞える。リビングの電話で話しているようだ。午前二時。眼を閉じ、私はもう一度眠ろうとした。

玲子を、独占しようという気はなかった。男がいるかもしれない、という気配を感じたこともある。嫉妬《しっと》に悩まされるということはなかった。嫉妬で自分を忘れるほど、私は若くはなかったのだ。

男がいるなら、それもいい。玲子がその男を好きだと言うなら、私は黙って身を退《ひ》くしかないだろう。

達観しているというわけではなかった。諦《あきら》め。どこかに、それに似たものがある。妻を死なせてから、人生はどうせこの程度のものだと思うようになった。

低い話声は、いつまでも続いていた。眠りは訪れてこない。なにか、困ったことでも起きているのか。もしそうなら、いずれは相談してくるだろう。私にできるのは、多少の金を都合してやることぐらいだ。たったそれだけ、という気もするが、世の中のかなりの部分のことは、それで解決できるのだということも、知りすぎた年齢だった。

玲子には、金を渡したことはなかった。銀座のクラブをやめさせようともしなかったし、広くて居心地のいい部屋を用意してやろうとも思わなかった。時々、欲しそうなものを買ってやったくらいだろうか。

その気になれば、贅沢《ぜいたく》な生活をさせてやるのも、不可能ではない。それを玲子が望んでいると感じたら、とっくにそうしていただろう。

玲子が、なにを望んでいるのか、私にはよくわからなかった。わからないまま、男と女になり、穏やかな関係を続けてきた。

話声が熄《や》んだ。

遠い潮騒だけが、しばらく私の耳に聞えていた。なにかに懐しさを感じる。たとえば波の音とか、風にそよいで音をたてる木々の枝とかに、時としてたまらない懐しさを感じてしまう。自分の生の終りの時。それが近づいていると、そういうことでなんとなく思ってしまう。

五分ほどして、玲子がベッドルームに戻ってきた。

「眠れないのかね？」

声をかけた。ベッドに入りかけた動きを、玲子は一瞬止めたようだった。

「ちょっと電話をしてたの。東京のお友だち。店が終って、部屋に帰ってきている時間だろうと思ったから」

「そうか、電話をしていたか」

「ごめんなさい、起こしちゃって」

「ちょっとしたことでも、眼が醒める歳になったのかな」

「そっちへ、行っていい？」

「ああ」

私は、少しベッドの端へ躰《からだ》を動かした。玲子の躰が、滑りこんでくる。冷たい躰だった。

抱き寄せると、玲子は私の胸に顔を押しつけてきた。

「悪い子なの、あたし」

どういう意味でそう言ったのか、私にはわからなかった。玲子は、胸に顔を埋《うず》めたままだ。

「先生、あたしを嫌いにならないで」

「そんなことはないさ」

東京でなにかあったのか、訊きかけて途中でやめた。必要な時は、玲子の方が言うだろう。どんなことにせよ、詰問のような口調になるのを、私は恐れていた。

「眠りなさい」

かすかに、玲子は頷いたようだった。

それから一時間以上、私は眠れなかった。玲子のたてる軽い寝息に、じっと耳を傾けていた。眼醒めたのは、私の方がさきだった。

シャワーを使い、髭《ひげ》を当たった。髭にも白いものが混じっているが、頭ほどではない。さっぱりすると、私はブルーのシャツに紺のズボンを穿《は》いた。私の年齢にしては、色が派手すぎる。死んだ妻にも、いつも言われていたものだ。色だけは、自分が好きなものでないかぎり、身につけようという気が起きてこない。

玲子は、私の色の好みを、かわいいという言葉で表現した。そういう言い方が、私は嫌いではなかった。

朝食は、ルームサービスをとった。

ベランダのテーブルに食器を並べ、私は潮騒に耳を傾けた。バスローブ姿の玲子がやってくる。

昨夜のことは、なにも言わなかった。

海に眼をやって、ものうそうにコーヒーを啜《すす》っている玲子を、私はぼんやり眺めていた。モデルを見る眼とは違うだろう。娘を見る眼とも、違うはずだ。こういう時間が、私の至福の時と言ってよかった。

氷の彫刻のように、いつかは溶けてしまうものであっても、いまひと時は、静かにこうしていたいと思う。少なくとも、私の方からそれを毀《こわ》そうという気はなかった。

「いい天気だわ、今日も」

「昼間は、まだ暑いだろうね」

「泳ごうかしら、あたし。プールはまだやってるみたいだし」

「水着、あるのかね？」

「ちゃんと準備してあるわ。そのへんは、先生と違うんだから」

「玲子が、泳げるとは知らなかったな」

「大抵の子は、泳げるわ。もともと、あたし海のそばで育ったんだし」

「ほう」

家族のことや、生まれた土地のことを、玲子は喋《しゃべ》ったことがなかった。具体的ではないにしろ、大抵は会話の端に出てきたりするものだが、それもなかった。

考えてみれば、玲子が過去のことを喋ったことは、ほとんどない。

「海を見ると、なんとなく泳ぎたくなっちゃうの」

「海は、もう無理だろうな」

「そうね。波は冷たくて荒いし、それにクラゲがいるわ」

「プールで泳いでも、陽に焼けるよ」

「小麦色の肌って、お嫌い？」

「いや、季節はずれだと思ってね」

低い声で玲子が笑い、トーストにバターを塗って差し出した。

「こんないいホテルが、できたなんて思ってもいなかったわ。このあたり、なにもないところだったし」

「ほう、玲子はここを知ってるのか？」

トーストを齧《かじ》りながら、私は玲子の顔を見つめた。玲子は、自分のトーストに丁寧にバターを塗っている。

「あたし、ここにいたの、五年前まで」

「五年前」

「二十歳《はたち》になる前に、ここを出たんです」

「それじゃ、御家族もいらっしゃるんじゃないのかね？」

「いいえ」

「一家で、東京へ移ったのか？」

「家族、いないんです」

「ひとりも？」

「ええ」

私は、パリパリに焼いたベーコンを、口に入れた。塩をたっぷりとかけてある。塩分は血圧によくないと、友人の医者に注意されていたが、構わなかった。

「とてもいい街だったわ。あたしそう思ってた。ある時までね」

「ある時か」

「幻滅することって、あるでしょう」

幻滅から、人の生は始まっていくのだ。そう言いかけて、やめた。老人の考えだろう。若い者たちは、希望を持ち、幻滅することを繰り返して大人になっていく。

「玲子が、家族の話をしないわけが、ようやくわかったよ」

「別に、わざわざしなかったわけじゃない」

卵を口に運びながら、玲子が言う。

女が物を食べる仕草を、いいと思ったことはあまりなかった。生々しすぎるのだ。いいと思った時も、欲情をそそるようなよさだった。

玲子が物を食べる姿を、ただいいと感じてしまう。どこが、とは言いにくかった。欲情とも、どこか違う。はじめて食事をした時に、なにか感じた。その感じが、いまも消えずに残っている。

「ここの海では、よく泳いだの」

「太平洋に面していて、なかなか荒そうな海に思えるがね」

「兄が、潜るのが好きだったんですよ。冬でも、ウェットスーツで潜ってた」

「ほう、お兄さんね」

「死んだんです、もう」

「病気かね？」

「まあ、そんなものだわ。それで、あたしはひとりっきりになった」

「なぜ」

私は、フォークを置いてコーヒーに手をのばした。

「なぜ、いまそんな話をしようって気になったのかね？」

「わかんない。自分が育った海の方へ、なんとなく来てしまったからかもしれないわ」

「旅行に誘ったのも、いきなりだったね」

「先生、いつも気紛れで旅行するっておっしゃってたわ。だから、誘っても迷惑にはならないと思った。いけなかった？」

「いや」

「この海、絵になるのかしら」

「さあね。これからだよ。海を直接描くんなら、写真で充分だ。この海が、私のどんな心を映すかだね。それが見えれば、どんな海でも絵になるのさ」

かすかな風が吹いていた。

ヨットハーバーに繋留《けいりゅう》されているクルーザーの、マストのステイがカラカラと鳴るのが聞えてきそうだった。

「先生、ひとつおねだりしていい？」

「めずらしいな。玲子は甘えるのが下手なんだと思ってたよ」

「甘えちゃいけない。そんなふうにして大きくなってきたから」

「なんだね、おねだりというのは？」

「絵が欲しいんです」

「ここの海の絵だね？」

「大事にします。とても買えるような値段じゃないし、図々《ずうずう》しいおねだりだとはわかってるんだけど」

「まったくだ」

十号の絵を一枚売れば、玲子に居心地のいい部屋を借りてやれるくらいの金はできる。ついでに、車まで買ってやれるかもしれない。いま玲子が住んでいる部屋は、六畳にバスとトイレとキッチンがついただけの、学生がいるような部屋だ。

「ごめんなさい。やっぱり諦めます」

「描けるかどうか、わからない。私の心の問題になってくるからね。ただ、もし描けた時は、それは玲子のものだと約束しよう」

「ほんと？」

「描けたらだ」

「描けるわ、きっと」

「ほう」

「あたしが育った海ですもの。先生、きっとなにか感じてくれるわ」

玲子が笑った。笑うと、歯が印象的な娘だった。パーティ会場ではじめて会った時から、そう感じ続けている。

「どうするんだね、食事を終えたら」

「先生は？」

「私は、海沿いの道でも走ってみようと思ってる。それから部屋に戻ってきて、ゆっくりと海とむかい合うよ」

「あたし、ちょっと街へ行ってみるわ」

「そうだね。会いたい人もいるだろうし」

海猫が飛んでいた。鷗《かもめ》なのかもしれない。その区別が、私にはつかなかった。

「気持がよさそうだ」

「なにが？」

「鳥さ」

「ああ」

また、玲子が白い歯を見せて笑った。

私は、葉巻を出してシガーカッターで吸口を切った。食後にハバナ産の葉巻をやるのは、ここ十五年ほどの習慣だった。

妻が死んで四十九日の間だけ、私は葉巻に手を出さなかった。

3　肉

海沿いの道は、舗装も悪くなかった。

ようやく走行距離が一万キロを超えてきた私のジャガーは、あくまで静かに、ヒタヒタと走った。エンジンは好調だ。

いろいろな車を乗りついできた。若いころは、ただスピードを求めた。スピードを出すということは、死に近づいていくということだ。それを、躰のどこかで知っていた。死に近づいてみようとする、元気があったということだろう。

ある年齢に達したころから、私はスピードを求めなくなった。メルセデスに乗り、ジャガーEタイプに乗り、キャデラックに乗った。いま乗っているジャガーXJ12は、私に合った車だろう。静かに、しかも優雅に走る。

古いヨットハーバーがあった。

何隻《せき》かのクルーザーが繋留《と》されているが、船まで疲れきっているように見える。

そのそばで、私は車を停めた。

古い建物が好きだった。潮風に痛めつけられた建物は、世間の波に打たれ続け、人生の終りを迎えようとしている人の姿のように思える。

それも感傷だということが、どこかでわかっている。わかっていながら、時間をかけて眺めてしまうのだ。

船は動いていなかった。出ていく準備をしている気配もない。人の姿が、ほとんどないヨットハーバーだ。

船の数を、私は数えた。繋留されているものが、六隻。陸の艇置場に五隻。揚陸機《ようりくき》には、赤い錆《さび》が浮いていた。

「用事かね？」

声をかけられた。

痩《や》せた老人だった。私より、いくつも上だろう。眼に精気がなかった。

「用事ってわけでもないが」

「ここに船を置こうなんて、考えない方がいいね」

「なぜ？」

「街の近くに、もっといいところがある。ここは、暗礁《あんしょう》があって、ひどく船を出しにくいんだ。年に二、三度は、間抜けが底を暗礁にひっかけたもんさ」

黄色い歯を出して、老人が笑った。

「ここの人？」

「ああ。畠《はたけ》の番でもしてるようなもんだね。川中《かわなか》の旦那《だんな》が新しいヨットハーバーを造ってからは、面白いこたあなにもねえ」

「のんびりして、いいじゃないですか」

「俺も、そう思ってるさ。ここで、一日海を眺めてる。俺にゃ、それで充分だね」

「ここも、川中とかいう人の持物かな？」

「いいや。川中の旦那は、沖の暗礁をなんとかしろと、いつも言ってたよ。持主が、なにもしねえのさ。暗礁を知らせる浮標《ブイ》ひとつ、出そうとしねえ。とうに商売っ気をなくしちまっててね。それで川中の旦那は、業《ごう》を煮やして自分でハーバーを造っちまったんだ」

「ホテルも？」

「あのホテルは、違う人のもんだよ。川中の旦那は、自分の船をちゃんとしたとこに入れてやりたかっただけさ」

老人が煙草《たばこ》をくわえ、マッチで火をつけた。爪《つめ》が、歯と同じように脂《やに》で黄色くなっている。

「ここは、もうなくなってしまうのかな？」

「仕方ないね。自分の船が大事だと思ったら、誰でもあっちのハーバーへ行くよ」

「そうか、なくなってしまうか」

寂れてしまった古い漁港というイメージもあって、悪くなかった。それがヨットハーバーだというところが、面白い。

「川中の旦那は、街で酒場を何軒も持っててね。どこも繁盛してる。大した商売人だね」

「このハーバーを寂れさせた張本人なのに」

「あんまり、あの人を嫌いなやつはいなくてね。俺にだって、移らないかと声をかけてくれた。断ったのは、俺《おり》ゃもういいと思ったからさ。いまさら、忙しいとこで働きたかねえし」

老人が、ドラム缶に腰を降ろした。

ほかに、人がいる気配はなかった。管理人ひとりのヨットハーバー。いかにも、九月の海という感じがする。

「東京かね？」

「ああ」

「船は？」

「持ってない。もともとそういう趣味はないんだ」

「熱心に眺めてたようだから、ちょっと注意してやろうと思ったんだがね」

「船のいる景色は、嫌いじゃない」

私は、老人と肩を並べて腰を降ろした。老人の吐く煙草の煙が、海の方へ流れていく。

「いいもんだな」

「なにが？」

「こうやって船を眺めているのが」

「馬鹿言うんじゃねえ。ここにいる船は、みんな持主に放《ほう》り出されてるやつさ。夏の間だけ、ちょっと来て乗ってみる。あとはどうなろうと、知ったこっちゃねえ。それがかわいそうで、俺が面倒みてんだよ」

「それでも、いいもんだ」

「変った人だね、あんた」

「かもしれんな」

海鳥の姿はなかった。鳥まで、繁盛しているハーバーの方へ行ってしまうのか。

「船も、生きててね」

「だろうね」

「川中の旦那の船なんか、そりゃ元気なもんさ。沖を走ってるのを見ても、惚《ほ》れ惚《ぼ》れしちまうね」

「モータークルーザーかね」

「すごい速さで走りやがる。手入れもいいのさ」

私に関心を失ったように、老人が腰をあげた。トボトボと、建物の中へ歩いていく。

三十分ほど、私はそこでじっとしていた。

立ち去る時、窓のそばからハーバーを眺めている老人の姿がチラリと見えた。

老人は、私の方に眼もむけなかった。

車に戻り、さらに十キロほど走って、Uターンした。

海辺の景色は、どこも似ている。

ヨットハーバーの近くまで戻ってきた。

擦れ違ったＢＭＷが、しばらくしてバックミラーの中に現われた。煽《あお》るように、距離を詰めてくる。ほんの一、二メートルというところだろう。私は、少し車体を左へ寄せた。

抜いていかない。私に絡んできているようだ。なにか言葉を交わし合っている二人の男の顔も、ミラーの中にはっきり見えた。

私は、徐々に速度を落とし、停止した。

白いＢＭＷから、二人が降りてきた。

「競走するほど、若くはないんだがね」

「女は？」

私の言うことには構わず、ひとりが言った。

「女？」

「一緒の女がいるだろうが」

玲子のことを言っているようだ。

私は車から降り、二人の前に立った。柄はよくない。いまにも、私に突っかかってきそうだった。やり合ったとしても、若い男二人を相手に、勝てるわけはなかった。私はただ、ほほえみかけただけだ。

「おっさんよ、女だ、女」

「私の連れに、どういう用事があるんだね？」

「どうもこうもねえや。ひっ捕まえようってだけのことさ」

「穏やかじゃないね。この街にだって、警察はあるんだろう」

「笑わせんな」

ひとりが唾《つば》を吐いた。

「警察に行けるもんなら、行ってみなってんだ」

「とにかく、車で危険なことはやめてくれないかね」

「ジャガーなんか乗り回して、結構言うじゃねえかよ、おっさん」

「おっさんも、やめてほしいな」

「馬鹿にしてんのか」

「別に。ただ、話というのは穏やかにするものだと、言っているだけだよ」

恐怖はなかった。

暴力沙汰《ざた》が、ひどく恐しかった時期がある。四十代のころまで、そうだった。酒場で、酔っ払いが暴れるのを見ても、膝《ひざ》が笑ったものだ。そうなりそうな場所には、できるだけ近づかないようにしてきた。

四十代をすぎると、もう暴力には縁がないのだと思うようになった。

「ぶっ飛ばされんの、いやだろう？」

「嬉《うれ》しいという人間は、いないだろう」

「じゃ、女がどこか早いとこ言っちまえよ」

「なぜ、私の連れを捜しているのか、理由を説明してくれないか？」

「まだぬかしやがるのか、野郎」

胸ぐらを摑《つか》まれた。膝がふるえてはいない。こんな連中を相手に、ちゃんと立っていられる自分が、不思議なくらいだった。

「私の連れが、君たちになにかしたのか？」

「どうでもいいんだよ、そんなこたあ。言うのか言わねえのか」

背後で、ブレーキの音がした。

男が、私の胸ぐらから手を放した。

「なにやってる？」

低い声だった。メタルグレーのボルボ。降りてきたのは、四十年配の男だった。

「なにって？」

ひとりが、戸惑ったように言う。もうひとりは、うつむいて逃げ出しそうな素ぶりをした。

「この人に、絡んでいたようだな」

「別に、絡んじゃいませんよ」

「ほう。胸ぐらを摑むのが、絡んでることにゃならんのかね」

男が、私のそばに立った。がっしりしている。グレーのスーツをきちんと着ている姿は、勤め人としか見えなかった。

「とにかく、行きなさい。みっともないことをするんじゃない」

「はあ」

若い男が頭を下げた。

BMWに飛びこんで、あっという間に走り去っていく。

「なにかお怪我《けが》は？」

「いや」

「そうですか」

軽く一礼して、男はボルボに戻ろうとした。

「待ってください」

「なにか？」

「いや、お礼を申しあげなきゃならないと思いましてね」

「必要ありませんよ」

私の顔を見つめて、かすかに男が笑った。

「助けていただいた方は、そういうわけにはいきません」

「大袈裟《おおげさ》な話ですな。あの二人は、この街の札付きでしてね。といっても、不良のドラ息子というやつで。ひとりの方の親父《おやじ》が、うちのレストランに、肉を入れております」

「レストランをなさってるんですか？」

「ホテルもです。うちのお客様に、なにかあると、それこそ大変なことです」

「あのホテルの」

「車で、お客様だとわかりまして。もしかして、余計なことをしたのではありませんか？」

「とんでもない」

「チンピラに絡まれても、大して動じた御様子じゃありませんでしたよ」

「そこのところは、自分でも不思議でしてね。ほんとうは、暴力沙汰などには縁のない人間なんです」

「そんなものですよ。いざ縁があった時は、自分でも驚くほど落ち着いていたりする。人間というのは、その場になってみないとわからないものです」

男が、またかすかに笑った。明るい印象は、あまりなかった。丁寧な言葉遣いが、なおさら暗い印象を助長してしまっている。

「絵描きでしてね」

「存じております。こちらへは、お仕事で？」

「いや」

ネクタイの締め方まで、隙《すき》のない男だった。きれいにノットがひとつ入っている。

「娘といってもまったくおかしくない女を連れて、旅行中というわけです」

私が言っても、男はかすかな笑みで返事をしただけだった。

「この街で育った娘でしてね。あの二人も、それと関係あるのかもしれない」

男はなにも言わなかった。

「お礼に、食事をさしあげたいと思うんですが」

「お心だけ、頂戴《ちょうだい》いたします」

「受けるものですよ。もし御都合が悪くないんならね。私の立場というのもある」

「そうですか」

「おたくのレストランで、七時。いかがかな?」

「恐れ入ります」

「肉、食えるんでしょうな。さっきの連中の親父が納入しているという」

「息子より、きちんとしています。子供に甘いのが欠点ですが、肉はなかなかなものですよ。うちのコックが、じっくりとエイジングいたしておりますし」

「七時です。よろしいですね」

男が頷いた。

私は自分の車に乗りこんだ。私が発進するまで、男は立って待っていた。

4　ワイン

玲子が戻ってきたのは、四時すぎだった。昼間の連中のことを、私はなにも言わなかった。

「変ってなかったわ」

「そうかね」

玲子は、服をクローゼットに収《しま》いこむと、シャワーを使ってバスローブ姿で出てきた。

「七時に、食事をすることになってる」

「どなたと？」

「ホテルの人だ」

「名前は？」

「それは訊かなかった。まあ、お世話になったわけだ。道に迷っちまってね。自分の車で、ホテルまで先導してくれたよ」

「そう」

首を傾《かし》げて、バスタオルで長い髪を拭《ぬぐ》いながら、玲子はベランダに出ていった。

海からの風がいくらか強くなっているのか、波の音がすぐ近くに聞えた。

「どこにでも、親切な人はいるものだ」

「そうね」

「なかなかの紳士だったよ」

「それより、面白いもの見つかったんですか？」

「さあな」

「このさきに、ヨットハーバーがあったでしょう？」

「ずいぶん寂れているようだった」

「でしょうね」

「あそこを描くとでも思ったのか？」

「どこを描くかは、先生が決めること。あたし、絵をいただくだけですから」

「もう、描くと思ってるな」

「描いてくださるわ、先生は」

「なかなか、駆け引きをやるね」

「そんなんじゃないの。あたし、先生に代るものを持ってたいの。いつも一緒にいられるというわけじゃないし」

玲子は、海に眼をむけたままだった。言い方も、媚《こ》びているようではない。

陽が落ちるまでには、まだかなり間がありそうだった。海の夕陽。私の作品の中にある。

ポルトガルの海岸に、イーゼルを立てて描いた。

いま思うと、あの海岸は美しすぎた。そのために、描く方はなにかを忘れる。絵に、命がこもってこない。

それが代表作のひとつに数えられる。美しさを持った絵が、ひとり歩きをしてしまったのだ。

私はベランダの椅子《いす》に腰を降ろした。

窓の外のこの出っ張りを、ベランダと言うのかテラスと言うのか、ちょっと考えた。もしかすると、バルコニーかもしれない。

どうでもいいことを考えて、時間だけが過ぎていく。それが、このところ愉しかった。自虐的なものがあるわけではない。人生など、もともとそういうものではなかったのかと、思いはじめている。

「あたし、ワンピースでいいかしら？」

「構わないさ。私もネクタイなんか、締めるつもりはない」

あの男は、やはりネクタイを締めてくるだろう。もしかすると、ダークスーツに着替えてくるかもしれない。

「夕方が、気持のいい季節よね」

「暑くないのが、いいね」

私は、沖の海面に眼をやっていた。数隻の漁船が、波間に見え隠れしている。

玲子が、身づくろいをはじめた。化粧には、大して時間がかからない。もともと素肌が透きとおるようにきれいな娘だ。

玲子の身づくろいを、ゆっくり眺めたことなどなかった。鏡にむかっている時、後ろから眺められるのは、あまり好きではなさそうだった。

私は、ベランダで暮れていく海面を眺めていた。

時間は、すぐに経った。

私は、ブルーのポロシャツを着こみ、紺のズボンを穿いた。ブルーが好きだ。私の絵の基調は、ブルーだと言ってもいい。よく見ると、必ずどこかにブルーがあるはずだった。シャツはブルーばかりだし、ズボンはほとんど紺で、ジャケットもやはりブルー系統が多い。車まで、濃紺だ。

一度だけ、赤い車に乗ったことがあった。イタリア車で、どう見ても赤が似合うと認めないわけにはいかなかった。

「行こうか」

七時五分前に、私たちは部屋を出た。

一階のレストランの入口で、男は立って待っていた。

「秋山《あきやま》さんか」

差し出された名刺を見て、私は言った。玲子は、ホステスふうの笑みとお辞儀をしただけだった。

席に案内された。窓からは、外の海が見渡せるようになっている。それも、暗くなってしまえば終りだ。あとは、テーブルについている自分たちの姿が映るだけだ。

「ワインは、どんなものがあるのかな？」

「ワインリストをお見せしてもいいんですが、よろしかったら私に選ばせていただけませんか？」

「面白いね。どれほど高くても、驚かないようにしよう」

「そうですか」

秋山が、ボーイを呼んだ。

「選ぶ以上、私に持たせていただきます」

秋山は、昼間と同じ服装をしていた。ただ、ネクタイだけは濃い色の無地に替えている。悪い趣味ではなかった。

「ボルドーにさせていただきます」

「なるほど」

「八〇年のシャトー・マルゴーなどいかがでしょうか。すぐにデキャンタさせますが」

「それを、秋山さんに持っていただくわけにはいきませんね」

「遠山《とおやま》先生にお泊まりいただいた。それに対する敬意は、払わせていただきたいですな」

「私と同じ科白《せりふ》だ」

「よろしいですね」

私が頷くと、ボーイは奥へ入っていった。

しばらくして、デキャンタした瓶と、空瓶を一緒に持ってきた。

玲子が、めずらしそうに覗《のぞ》きこむ。

「シャトー・マルゴーが一級品だということは知ってますけど、一九八〇年ですの？」

「七九年はまだ飲めないだろうが、八〇年はデキャンタした程度で飲めるはずだ」

「どうして？」

「ワインは、古ければいいものというわけじゃない。それは知ってるね。七九年はいい年だった。つまり、勢いというか、要するに強いワインで、熟すまでに時間がかかる。八〇年は、もう熟しかけているはずだ。デキャンタして空気に触れさせれば、飲みごろになるはずだよ」

「そうなの」

「先生のおっしゃる通りです。七九年は、まだ倉で寝かせてありますよ」

「しかし、シャトー・マルゴーとはね。シャトー・ラトゥールやシャトー・ムートンなどもあるというわけじゃないだろうね？」

「ございます。七三年のが、両方とも」

「シャトー・ムートンは、ピカソか」

「よく御存知で」

ラベルを、有名な画家が描いている。描いているということだけを知っていて、どういう経緯でそうなったのか詳しくは知らない。私に、日本酒のラベルを描く仕事が来たとしても、引き受けはしないだろう。

「ワインというのも、奥が深いんですね。あたしは、やっとシャトーの名前を憶えたくらいなの」

「それだけでも、なかなかのものですよ」

秋山は、決して慇懃《いんぎん》な態度を崩そうとはしなかった。

前菜が運ばれてきた。

「この街の御出身ですか？」

「ええ、そう」

「めずらしいですね」

「なにがですの？」

「あまりきれいな女性が出ない土地らしいですよ」

「秋山さん、この街の方じゃないんですね」

「フロリダから、流れてきました」

「なるほど。それでホテルの名がキーラーゴか。小意気なことをするものだ」

「むこうでも、ホテルをやっておりまして、それを畳んで、こちらに建て替えたというところです」

料理の味は悪くなかった。かなり腕のいいシェフを連れてきたのだろう。

「いつ、フロリダから？」

玲子の食べ方は、いつもと変っていなかった。

「二年ほど前です」

「御家族は？」

「妻がいました。いまもいます。つまり、前の妻は死にまして、こちらで再婚したというわけです。前の妻との間に、娘がひとり。もう中学生になっております」

家庭の匂《にお》いは、あまりしない男だった。

「玲子さんは、いくつまでこの街に？」

「十九です」

「それじゃ、まだ知り合いが沢山いらっしゃるでしょう」

「川中さん」

「ほう」

どこかで聞いた名だった。しばらくして、ヨットハーバーを新しく造った男の名だと思い出した。

この街で育った玲子が、川中を知っていたとしても、不思議はなかった。

「川中は、むかいのヨットハーバーをやっておりますよ。私も、川中に助けられて、このホテルをやっているようなものでして」

「やっぱり、酒場の方も」

「もともと、それが商売ですからね」

シャトー・マルゴーは、悪くなかった。まだちょっと若いかなという感じだが、私などにはそれが逆に好ましく思えた。

「川中とは、どういうお知り合いですか？」

「ちょっとだけ」

玲子は、具体的に答えようとしなかった。

「この肉は、悪くない」

焼く前に、ボーイが見せにきた。レアで、と私も玲子も言った。

「秋山さん、お住いは？」

「市内ですよ。家内が、岬の手前で小さなコーヒー店をやっておりましてね。『レナ』といいます。お互いが仕事場に通うのに、市内が平等というわけでして」

「前は、酒場だったんですがね。海のすぐそばで、浜にむかってテラスを作ってあります。海を眺められるには、いい場所ですよ」

「ビーチハウスは？」

玲子が口を挟んだ。

「何軒か、使われてはいるようですが、ほとんど売りに出ていますね。買手はないんですよ。建物の傷みがひどくて」

秋山が、ワインを口に含み、うがいをするような音をさせた。そうやって、口の中で空気と混ぜ合わせる。

私も同じようにすると、玲子が怪訝《けげん》な表情で覗きこんできた。

「いいワインを味わう時の方法も、覚えておくといい。こうやれば、口の中に香りが拡《ひろ》がるのさ」

「そうなの」

玲子が、ちょっと真似をした。それほど大きな音はしなかった。

「シャトーの名前もいいが、年を頭に入れるんだね。ワインは、それで決まる」

「少しずつ。急には無理だわ」

「ワイン、お好きなんですか？」

「兄が、こういうことも専門にできるようになろうと、努力していましたから」

「お兄さまは、いまなにを？」

「いないんです、もう」

「そうですか」

秋山が、ちょっと眼を伏せた。

「川中という人の店に、飲みにでも行ってみるかね」

私は話題を変えた。玲子は返事をしなかった。

「なかなかの店ですよ。『ブラディ・ドール』とタクシーの運転手におっしゃれば、すぐにわかります。うちにもバーがございますが、バーテンの腕からいうと及びませんで」

「そういう店か。凝ったカクテルを飲ませるような」

「いや、若い女の子も揃《そろ》えてありますよ」

秋山が、かすかに笑った。大笑いをしないのが、この男の特徴らしい。

昼間のことを、秋山はまったく話題に出さなかった。私も黙っていた。

「先生、いつまで御滞在いただけますか？」

「気分がむくまま」

「何日かおられるようでしたら、クルーザーで沖へ出てみませんか。うちにもクルーザーがありますが、川中が所有しているのは、大変なパワーボートです。それを借りることもできます」

「まあ、考えておこう」

食事は、メイン・ディッシュまで進んできた。

肉は、きちんとエイジングがしてあって、レアでも赤い血の汁が出てくるようなことはなかった。

ちょっと若い、八〇年のシャトー・マルゴーが、ぴったりと合っていた。

5 拳《こぶし》

繁華街には、結構な数の店が並んでいた。郊外に工場地帯があり、人口もここ数年で飛躍的に増えているという話だった。街のメインストリートには、大会社の支社が並んでいる。

並んで歩いていても、玲子に声をかけてくる人間はいなかった。五年でかなり変ったのかもしれないが、簡単には知人に会わないほど人の多い街だとも言えた。

玲子は、黒と白のスーツを、素肌に直接着こんでいる。ジャンフランコ・フェレというデザイナーのものだ。高い服を買ってやったところで、大喜びをするわけではないが、見事に着こなしてはいた。

高いヒールの靴。アップにした髪。四つ五つ、歳上に見える。

「懐しいかね？」

「そうでもないわ。この街にいたころ、飲み歩いてなんかいなかったわけだから」

「それはそうだな」

小さな看板が出ていた。『ブラディ・ドール』。

それを見て、玲子はあるかなきかのためらいを示した。

「フェレを、それだけ着こなしている女の子は、多分いないだろう。あまり心配するのはやめなさい」

「まさか」

「そうだな。銀座の女の子が、こんなところで気後れを感じるわけはないな」

入口にいたボーイが、丁寧なお辞儀をした。決して丁寧すぎることはない。従業員の教育をよくしているようだ。

ボックスの席に案内された。

客の質まで、教育するわけにはいかない。反対側の奥に、大声で騒ぎたてる一団がいた。

そこからできるだけ離れた場所に、案内されたようだ。

カウンターがあり、無表情な若いバーテンがひとりいた。鮮やかな手つきで、グラスに酒を注いでいる。

「コニャックを。オタールがあればいいんだが」

「ございます」

食後だった。コニャックが適当というところだが、玲子はドライ・マティニーを頼んだ。おまけに、シェイクしてくれとまで註文《ちゅうもん》をつけている。

「普通はステアで作るものだ、とバーテンが申しておりますが」

註文を通しに行ったボーイが、戻ってきて言った。

「あたしは、シェイクがいいの。それしかいただかないことにしてるわ」

「はあ」

困惑したような表情で、ボーイが頷いた。

「めずらしいね」

「気分が、そんなになってしまって」

玲子が、バーテンの方へ眼をやった。バーテンは、眼が合った時、ちょっと頭を下げたようだった。顔見知りという感じではない。

計量カップも使わず、バーテンはシェーカーに酒を入れた。見事な手際だった。量もぴったりと決まっている。

「バーテンの腕を、試してみたのか?」

「そんな意地悪な気分はなかったけど」

「あれはプロだな。きちんと修業を積んできたようだ」

「みたいね」

運ばれてきたマティニーを、玲子はひと息で飲み干した。

二杯目は頼まなかった。まだそばに立っているボーイに、ひと言の感想も述べず、私と同じコニャックを註文した。

「どうだったんだね？」

「味が？」

「ああ」

「あたしの兄は、もっとうまかったわ」

「玲子の兄さんは、バーテンをやってたのかい？」

「お酒の勉強。すべてのお酒を勉強して、専門家になろうとしてたわ」

女の子がひとりやってきて、テーブルの脇《わき》に付いた。

「東京の方ですか？」

月並な質問をしてくる。月並なだけで、下品な感じではなかった。興味なさそうに、玲子はただ頷いている。

「服のセンスが、やっぱり違うんですよね、東京の方は」

「この店のバーテンは、長いのかね？」

話題を変えた。女の子は、ちょっとカウンターの方を振りむいた。バーテンは、相変らず無表情で、シェーカーを振っている。

「さあ。あたしが入った時、もういたわ」

「君が入ったのは？」

「二年ぐらい前かな」

「じゃ、二年以上いるんだね」

まだ三十前に見えた。人の年齢は、あまり見間違えない。

「いい店だ」

「この街じゃ、高級なんですよ。あたしが言うのも変だけど」

「いや、東京でも高級で通用すると思うよ」

派手なところはない店だった。店というのは、造りもあるが、そこにいる人間によって決まることもある。

壁にかけてあるのは、複製画などではなく、日本の若い画家の作品だった。このところ、時折名前を耳にすることもある画家だ。

カウンターのそばに立って、男がひとりこちらを見ていた。タキシードを、端正に着こなしている。髪は短く、眼はチラチラ動いたりしない静かな深さを湛《たた》えていた。

私と眼が合う。男は、軽く一礼した。

一杯目のコニャックが空になった。

「もう一杯、やるかね」

玲子は、かすかに首を横に振った。もともと、あまり酒が強い方ではない。

勘定も、大して高くなかった。

「夜になると、さすがに涼しいね」

かすかに風が吹いている。潮の香りが感じられるのは、気のせいだろうか。

不意に、男が立ち塞《ふさ》がってきた。昼間の男とは違う。玲子を庇《かば》うように、私は一歩前へ出た。横からも、もうひとり出てきた。

言葉はなかった。いきなり、拳《こぶし》が腹に飛んできた。躰が折れていて、私はしゃがみこみそうになっていた。

「なにを」

あとは声にならなかった。ようやく、上体を立てた。男の表情が動いているように見える。それが、点滅するネオンに照らされているからだと、しばらくして気づいた。

男の拳が、また私の腹に飛んできた。私は眼を閉じた。衝撃はなかった。男の手が、途中で止まっている。

男の背中に貼《は》りつくように、もうひとり立っていた。タキシードの男。なにがどうなっているのか、わからなかった。確かなのは、男たちの動きが止まったということだけだ。

うっ、と男が低い呻《うめ》きをあげた。

タキシードの男が、耳もとでなにか囁《ささや》いていた。すぐそばの私にも、聞えなかった。男は小刻みに頷くと、逃げるように立ち去った。

「お怪我は？」

「大丈夫です。びっくりしちまっただけでね」

「そうですか」

タキシードの男が、立ち去ろうとした。

呼び止めた私を見る眼が、深い静けさを湛えている。

「お礼をしなくちゃならん」

「御無用なことです。お客様ですから」

「店の中のことじゃないよ」

「それでも、御無用です」

言い方は丁寧だが、決して譲らない頑固さが感じられた。

「あの店の、経営者の方かな」

「いえ」

「君が礼を受けてくれないとなると、川中さんという人に礼をしなくちゃならんが」

「御自由に。川中も受けないとは思いますが」

男が頭を下げた。

私は、通りかかったタクシーを停めた。胃のあたりがむかついている。せっかくの夕食が、台無しだった。

タキシードの男は、タクシーが走り去るまでじっと立っていた。

「大丈夫？」

「ああ。いきなりだったんで、ちょっと驚いたが」

「あたし、びっくりした」

「殴られた私は、もっとびっくりしたさ。それでも、自分の躰が、これほど頑丈なのだとは考えていなかったよ。殴られたりすれば、すぐ毀れるのだと思っていた」

「先生、いつも歩いているからよ」

「そうだね」

風景をよく描く画家は、長命な場合が多かった。いろいろな場所を歩き回るからだ。老いは脚からやってくる。友人の医者は、口癖のようにそう言っていた。

「しかし、私がなぜ殴られるのかな。よほど、私の顔が気に入らなかったのか」

「どこにも、乱暴な人はいるものよ」

「二人いたよ」

「誰かと、間違えられたんじゃなくて」

昼間のことと考え合わせれば、間違えられたとは思えなかった。しかも、二度とも助けられた。

私が恨みを買っているとは、考えられなかった。他人に恨まれないように生きてきた。描きたい絵を描いて、そのほかは街の片隅でひっそりと息をしてきたのだ。

やはり、玲子なのか。

十九まで育ったというこの街に、なにがあるというのか。ちょっとばかり痛い思いをしたからといって、玲子から逃げてしまおうという気は起きなかった。それどころか、殴られることで、どこか若さを取り戻したような気がしてくるくらいだ。

「ひどい街だって、思わないでね」

「ちゃんと、助ける人間も現われたよ」

「あの人」

「知ってるのかね？」

「ちょっとだけ。多分、藤木《ふじき》という名前の人だと思うわ」

「藤木ね」

「どこかの店のバーテンをやってたはずよ」

私は、鳩尾《みぞおち》に掌《て》を当てた。気分はずっと楽になっているが、微妙なわだかまりがある。生まれてはじめて、殴られたと言ってもよかった。

「とにかく、しばらく眠ろう」

ホテルの灯が見える場所まで来ていた。

右側は松林と海で、左側は小高い丘である。晴れた明るい日に、のんびりとドライブをするにはいい道だろう。

「あたしが、先生をこの街に連れてきたからだわ」

「そんな考えはしないことだよ」

「あたしが男だったら。あの瞬間、そう思ったわ」

「おまえが男だったら、私と会ってもいないよ」

「そうね」

「忘れて、眠ろうじゃないか。歳のせいらしいが、夜更しは苦手でね」

十時半を回ったところだった。

タクシーは、人気のないホテルの玄関に滑りこんだ。

6　眠気

眼が醒めた。

午前三時だった。起き出すには、まだ早すぎる。若いころは、よく陽の出の時間に外を歩き回ったものだ。眼に感じられる、最初の朝の光が、なんとも言えなかった。

玲子は、隣りのベッドでかすかに寝息をたてている。

なぜ眼が醒めたのか、しばらくしてわかった。

かすかな物音。動いているものの気配が、確かに伝わってくる。風だろうか。一瞬、そう思った。しかし、風の鳴る音はしていなかった。潮騒が、昨夜よりもはっきり聞えるくらいだ。

そっと、躰を起こした。玲子の寝息は変らなかった。

リビングに通じるドアに手をかけた。電灯のスイッチを指で探る。

人の姿。リビングの真中に突っ立って、こちらを見ていた。ベランダのガラス戸が開いている。そこから、もうひとりが入ってくるところだった。

「音をたてねえように注意したのにな。不眠症か、あんた」

私の鳩尾に拳を叩《たた》きこんだ男だった。

「どうも、しつこすぎる人たちだな」

「仕事が終ってねえんでな」

「どういう仕事なんだ？」

声は押し殺していた。ベッドルームに届いたとしても、玲子の眼を醒まさせるほどではないだろう。

私は、後ろ手でベッドルームのドアをそっと閉めた。

「寝かしておいてやりたい人間がいてね」

「こっちは、そいつに用事があるんだ」

「玲子にか？」

「そんな名前、知らねえな。あれは、内田悦子《うちだえつこ》って名前の女だ」

玲子というのは、銀座のクラブでの名前だった。本名が内田悦子だということは、私も知っている。玲子としか私が呼ばないのは、はじめにそう呼び、馴《な》れてしまったからだ。

「どういう用事か、言って貰いたい。それから、私を殴った理由も」

「面倒なことは嫌いでな。そこ、どきな」

「どけないな」

「ほう。まだぶん殴られてえか。おっさんだからって、容赦はしねえぜ」

「玲子は、私の連れだ。だから、ここをどくわけにはいかないね」

「まったく、タキシードを着た男が邪魔をしたり、おかしな街だぜ、ここは」

喋っているのは、ひとりの方だけだ。その男が、私を殴った。もうひとりは、ただじっと立っている。

「どきな、おっさん。あの女を渡すんだ」

「できないね」

「かなうとでも、思ってんのかよ」

「おまえらと殴り合いをして、勝てるとは思っちゃいない。しかし、私はここをどく気はないね。黙って通すか、殴られ、下手をすれば殺されて通すか、それでなにかが決まってしまうと思うんだ」

「面倒な野郎だ、まったく」

いきなり、拳が腹に食いこんできた。一瞬、息ができなくなった。それだけだ。私は、折れかかっていた躰を、起こした。睨《にら》み合う。今度殴りかかってきたら、それを避けて、こちらから一発お見舞いしてやろう。そう思っていた。

腹。よけようとした。顔に男の左の拳が飛んできた。見えたのは、そこまでだ。次々に、衝撃が躰にめりこんでくる。気づいた時は、床に這《は》いつくばっていた。

「通さんぞ」

言ったが、声になったかどうかは、わからなかった。私は、男の脚に抱きついた。蹴《け》りあげられる。また息が吸えなくなった。

生きているかぎり、通しはしない。そう思ったが、躰はうまく動かなかった。また脚にしがみつく。膝を突きあげられたが、私は両手を放さなかった。

眼から、火花が出たようになった。まるで漫画だ。立て。自分に言い聞かせた。

かすかな声。玲子。ひとりが、ベッドルームに行っているようだ。

「先生」

呼びかけられた。私は、両手を突っ張って上体を起こした。立ちあがる。雲の上でも歩いているような感じだった。

「まだやろうってのか。女は、もう連れてきちまったよ」

右手を握りしめた。そのまま、男の躰に叩きつける。なんの手応《てごた》えもなかった。

床に這いつくばっていた。不様な。そう思ったが、すぐには躰が動かなかった。

「先生、じっとしてて」

玲子が言っている。私は、立ちあがった。殴られるために立ったようなものだが、それでも立ちあがった。

衝撃が、腹と顔に同時に来た。しばらくして、ようやく天井が見えた。立とうとして、二度失敗した。

「しつこいおっさんだ。まだ諦めねえのか」

三度目も、立ちあがることはできなかった。上体だけ、カーペットの上に起こした恰好だった。大きく息をした。

もうひとりの男が、玲子の手を引いている。ドアにむかっているようだ。それを止めようと思った。躰が、思うように動かない。

ドアが開けられた。

そこで、男は立ち止まっている。なぜ出ていかないのか。考えているのは、それだけだった。

男の躰が、なにかに撥《は》ねられたように、薙《な》ぎ倒された。

なにが起きたのか、すぐにはわからなかった。物音。入り乱れた人の姿。

また、誰かが助けたのか。

上体を抱きかかえられていた。玲子だ。少なくとも、玲子がまだ無事であることだけは、確認できた。一度眼を閉じた。躰の中を、別の動物が駈《か》け回っているような気がした。

「連れていけ」

声がした。二人の男が、カーペットの上に倒れている。誰かが、引《ひ》き摺《ず》っていった。

私の躰も、持ちあげられたようだ。

ソファに横たわっていた。顔には、冷たいタオルが載せてある。

「先生」

玲子が覗きこんでいる。大丈夫だ。言おうとしたが、すぐには声にならなかった。

「大したことは、ないさ」

ようやく言った。

「動いちゃ駄目。いま、お医者さまを呼んで貰ったから」

「おまえは、大丈夫なのか？」

「あの男たち、もう連れていかれたわ」

「そうか」

大きく息を吸った。

躰が痛みはじめている。痛みと名の付いた動物を、躰の中に飼っているような気がしてきた。ただ、意識だけははっきりしてきた。

「その人は？」

玲子の後ろに、男がひとり立っている。

「助けていただいたの。『ブラディ・ドール』のバーテンさん」

「君か」

赤いベストではなく、ジャンパーを着ていたので、すぐにはわからなかった。

「あの連中は？」

「もう、連れていきました」

男の声は、低く落ち着いていた。痛みを別として、私の気分はかなりよくなりつつあった。頭の後ろが、いくらか重い感じがするくらいだ。

「連れていったではなく」

私は、上体を起こそうとした。玲子の手が、私を押しとどめた。

「どこの何者かと訊いているんだ」

「それはまだわかりません。いずれわかるでしょうが」

「君は、なぜここに？」

また助けられた。三度目だ。偶然とは思いにくい。

「店を終えたあと、このホテルでアルバイトをしておりまして。セキュリティのアルバイトです。昔、ちょっと武道をやりましたのでね」

「ガードマンか」

「どうも、お怪我をさせたのは、申し訳ないと思ってます」

「とんでもないよ。助けて貰った。藤木という人にも助けて貰ったが、あの時と同じ男たちだったよ」

「そうですか」

「名前は？」

「坂井《さかい》と申します。本職は、『ブラディ・ドール』のバーテンです」

医者がやってきたようだった。

私はソファに横たわったまま、上半身を裸にされた。

医者が、指さきで躰を押してくる。痛みが走った。躰じゅう、医者は指で押しているようだ。指圧師でも呼んだのか、と私は言いそうになった。アルコール綿で、顔を拭われた。

それは、気持がよかった。

　聴診器を当てられ、血圧も測られた。

　終ったようだった。玲子が、ホテルの浴衣を着せかけてくる。浴衣が嫌いで、旅行にはパジャマを持ち歩いているが、鼻血かなにかで汚れて、使いものにならなくなったようだ。

「先生、ベッドまで運びますからね」

　耳もとで、玲子が言った。

「馬鹿を言うな」

　私は、上体を起こした。ひとりでは立ちあがることができなかった。玲子の肩を借りた。足が、そろそろとしか動かなかった。ベッドルームが、ずいぶん遠いところにあるような気がする。

　ようやく、ベッドに横たわった。

　医者がかがみこんで、私の腕に注射を一本打った。

「眠くなりますよ」

　事務的な口調で、医者が言う。玲子の掌が、額に当てられた。汗を拭ったようだ。

「どうして?」

「なにがだね?」

「殴られても殴られても立って、あたし、先生が死ぬ気なんじゃないかと思った」

「死ぬ気になっただけじゃ、守れはしないものだな」

「どうして？」

「だから、なにがだ？」

「じっとしてれば、殴られなくても済んだかもしれないのに」

「私が、じっとしていた方がよかったのかね。おまえが連れていかれるのを、黙って見ていた方が、よかったのかね？」

「だって、こんな怪我をして」

「大事に思っている人間のために、やらなくちゃならないことというのは、あるだろう。私は、そう思ってるよ」

「あたしのため？」

「それが、自分のためでもある。いまになって、よくわかるね。おまえが連れていかれるのを、黙って見ているような男にはなりたくなかった」

眠気が襲ってきた。玲子の掌が、もう一度私の額を拭った。

「こんな情無い恰好だがね」

「なに？」

「私に相談することがあったら、して欲しいと思う。できることは、するつもりだ」

「先生に、相談？」

「私じゃ、頼りないかな」

「そんなんじゃない。先生は、なにも知らない方がいいのよ。だから、あたしは言わなかった。それでも、こんな怪我させちゃったけど」

「怪我のことはいいさ」

目蓋《まぶた》が落ちかかってきた。

「おまえのために、なにかしてやれる。私は、そういう男ではないのかな」

「充分、していただいたわ」

「とにかく、考えてごらん」

眠気に、抗しきれなくなった。

不思議に、気分のいい眠気だった。

7　眼醒《めざ》めればひとり

口の中に痛みがあった。

首を持ちあげると、胸から脇腹《わきばら》にかけても痛みが走る。躰《からだ》を動かせないというほどではなかった。私はゆっくりと躰を横にむけ、転がるようにしてベッドから降りた。

リビングに、玲子の姿はなかった。

バスルームで、滑稽《こっけい》な自分の顔と対面した。眼《め》のまわりの痣《あざ》、口の腫《は》れ。笑ってみたが、笑顔になりもしなかった。奥歯が一本、ぐらぐらしている。

水に浸すようにして、顔を洗った。

ブルーのシャツに着替えた。手が、何か所か擦りむけていた。肩や胸のあたりにも痣がある。二、三度、肩を持ちあげては落とす動作をやった。少しずつ楽になった。

十一時になろうとしている。

かなり強い鎮静剤だったようだ。眠ったせいか、頭ははっきりしていた。もともと、いくらか血圧が高い方で、寝醒《ねざ》めは悪くない。

ルームサービスで、朝昼兼用の軽食をとった。食欲はそれほどないが、食べていた方がいいだろう。

外はいい天気だった。

二人の男がどうやって入ってきたのか、私はベランダのガラス戸を点検した。ロックはしていなかった。ベランダも部屋の一部だという気分が、どこかにある。屋上から、ロープでも使って降りてきたようだ。

リビングはきれいに片付けられていて、乱闘の痕跡《こんせき》はなかった。

玲子は、どこへ出かけたのか。出かけて、危険はないのか。運ばれてきたコーヒーを啜《すす》りながら、考えていた。なぜ玲子が襲われるのかより、いま危険があるのかどうか、ということに頭がいった。

襲ってきた二人の男は、連れていかれたはずだ。しかし、まだBMWに乗った二人がいる。あの二人のことを、玲子は知っているのか。

やはり食欲はなかった。クラブハウスサンドが、二切れ入っただけだ。

思いついて、私はクローゼットの服を調べた。

スーツやワンピース。もとのままのようだ。ただ、小さい方のバッグがない。洗面道具などが入ったケースもない。

ひとりで帰ってしまうわけはない。葉巻に火をつけながら、私は考え続けた。部屋にメモひとつ残されてはいないのだ。

十二時近くまで、私はリビングの椅子《いす》でじっとしていた。喫《す》い方が速すぎるせいか、葉巻が辛くなってきた。ゆっくりと、一時間以上かけて喫う。それがほんとうのやり方だが、三十分ちょっとで、ほとんど喫い尽していた。

葉巻を消し、腰をあげた。

フロントに降りていく。初老のフロントクラークは、私の顔を正視しないようにしてお辞儀をした。

「私の連れが、なにかメッセージを残していかなかったかな？」

「なにも、お預りいたしておりませんが」

「出かけてるようなんだがね」

「九時半ごろだったと思います。玄関からタクシーにお乗りになりました」

「どこへ行ったか、わかりませんか？」

「さあ、それは」

これ以上、どうしようもなかった。

捜しに行くといっても、当てはなにもない。ひょっこり帰ってくる可能性が、まったくないわけでもなかった。電話を入れてくるかもしれない。

「秋山さん、いらっしゃるかな？」

「はい。呼んで参ります」

すぐに、秋山はフロントの脇のドアから出てきた。

「昨夜は大変な御迷惑をおかけしまして。お詫《わ》びにあがろうと思っていたところでした」

「御迷惑をかけたのは、こっちの方ですよ」

「そんな」

「それより、ちょっと話があるんですが」

黙って頷《うなず》いて、秋山はドアの中へ私を請《しょう》じ入れた。

事務所の奥に、秋山の個室があった。

「玲子が、いなくなってしまった」

「外出されたわけではなく？」

「多分、いなくなったんだと思う。服はあるが、洗面道具などが部屋から消えていましてね」

秋山が、腕組みをした。

「昨夜、襲ってきた連中とは、『ブラディ・ドール』の近所でも一度会ってましてね。その時は、藤木という人に助けられた」

「それは、坂井から聞いております」

「彼は、なぜこのホテルにいたんです？」

「たまたまでしょう」

「セキュリティのアルバイト。そう言っていましたが」

「そんなことを申しましたか」

かすかに、秋山が笑った。

「玲子を、捜さなければならないんですよ。また危険があるかもしれない」

「そうですね。先生にお心当たりは？」

「知らない街ですからね」

「ほんとうに、消えたと思っておられるんですね？」

「大袈裟《おおげさ》に考えすぎていて、空騒ぎならいいと思いますよ」

秋山が、煙草《たばこ》に火をつけた。

「わかりました」

「捜す手助けを、お願いできますか？」

「この件に関しては、川中に相談なさる方がいいと思います。私より適任でしょうし、それに玲子さんを知ってもいるようです」

「しかし、私には川中さんと面識がない」

「それは、私の方から言います。とにかく先生は落ち着かれてください。お怪我《けが》もなさっていることですし」

「慌てているわけではありませんよ」

しかし、慌てていた。玲子が消えてしまうというのは、私の予想の中になかった。不意に、なにか大事なものをなくしたような気分に、襲われているようだった。

秋山が煙草を消して立ちあがり、二か所に電話を入れた。

「御自身でも捜されるとしても、ひとりでは動きがつかないでしょう。案内人を付けますから」

「この際、ありがたく」

「とにかく、部屋でお待ちください。すぐに伺わせます」

秋山は、また別の番号をプッシュしはじめた。誰かをつかまえようとしているらしい。

私が腰をあげると、秋山は受話器を握ったまま軽く頭を下げた。

部屋に戻って、もう一度玲子の服の点検をした。無駄なことだ。どういうものを持ってきているのか、もともと知りはしない。

葉巻に火をつけた。ロメオ・アンド・ジュリエットというハバナ産だ。食後以外に火をつけることは、稀《まれ》と言ってよかった。

なぜ、玲子はいきなり私を旅行に誘ってきたのか。しかも、やってきたのが五年前まで暮していたという街だ。

これまでも、二泊ほどの旅行に連れ出したことはある。何日も前から、大騒ぎをして大変だったものだ。いきなり、明日旅行に出たいと言ってきたのは、考えれば不自然だった。なぜ、何度も襲われたのか。そのたびに、必ず助けが現われたのはなぜか。

考えてみても、わかるわけではなかった。

煙が全身を包んでいる。ハバナ産の香りも、いつものように私を酔わせはしなかった。

チャイム。

ドアの外に立っていたのは、坂井という男だった。

「セキュリティではなく、案内人ということでございまして」

丁寧に頭を下げ、坂井は部屋へ入ってきた。

「お怪我は？」

「痣では、死にもしないだろう」

「パンチというのは、時間が経《た》ってから効いてきたりするものです」

丁寧な口調は、どこか年寄りじみていた。

「手間をとらせて、申し訳ないね」

「仕事ですから」

ほんとうに仕事なのかどうか、考えるのも面倒だった。

「ハバナですね」

漂っている煙を吸いこむ仕草をしながら、坂井が言った。長身だが、瘦《や》せていて、眼に獣のような光を宿していた。そのくせ、視線は静かなのだ。藤木という男も、秋山も、似たような眼を持っている。

「捜すといっても、雲を摑《つか》むような話でね」

「承知しております」

「その、丁寧な言葉は、やめてくれんかね。店で使う言葉なんだろう?」

「わかりました」

言って、坂井は煙草をくわえ、ジッポで火をつけた。

「この街、および周辺については、庭のようによく知ってます。捜そうとすれば、これで結構広い街ですよ」

「そのようだね」

「やはり、捜されますか？」

「そうしたい」

「じゃ、出ましょう。こんなところにじっとしてたって、はじまらないや。車、ありますね？」

「ああ」

「自動車電話は？」

「付いてるよ」

「じゃ、番号をフロントに伝えておいてください。それで、悦子さんからの連絡が入れば、わかるでしょう」

「玲子だよ。私は、そう呼んでいる」

「玲子さんね」

坂井が腰をあげた。

「運転、俺の方がいいと思います。乱暴には扱いませんから」

フロントに寄って番号を書いたメモを渡し、駐車場へ行った。

「十二気筒ですね」

私のジャガーを見て、坂井が呟《つぶや》くように言う。

「故障が多いんじゃありませんか？」

「言われてるほどじゃない。少なくとも、私のは好調だよ」

「一瞬の瞬発力は、やっぱり十二気筒の方でしょうね」

運転席に乗りこんだ坂井がエンジンをかける。計器をチェックし、ウインカーレバーも確認した。

「行きましょうか」

ローで発進し、五千回転でセカンドに入れた。私が運転する時より、はるかにスポーティな走りをしている。

「実のところ、なんで夜中にホテルで張り番をしたり、消えちまった女を捜したりしなけりゃならないのか、わからないんですよ」

「それなのに、なぜ？」

「社長に言われたからです」

「川中という人だな」

「仕事のつもりでやれと言われただけで、理由は説明してくれなかった」

「私も、うまく説明はできないんだ」

「訊《き》く気はありません。ただ、社長も藤木さんも、この件に関してはいつもと違ってましてね。ほんとうは、騒動を面白がって眺めてるようなタイプなんですがね」

海沿いの道を、百キロほどで突っ走った。

道を知り尽しているのか、カーブの手前では減速している。危険は感じなかった。

「いい車ですね」

坂井が言った。

車のことなど、私にはどうでもよかった。

8　コーヒー

街に入った。

どこへ行くとは言わなかったが、坂井はひとつのところへむかっているようだった。

「しばらく、俺に任せて貰《もら》えますか？」

「そうするしかなさそうだな。私ひとりじゃ、無人の街で客を捜してるタクシードライバーみたいなものだ」

ビルの前で停《と》まった。

「情報ってやつが集まる場所がありましてね。ここが、そのひとつです」

エレベーターに乗った。新しくできたビルのようだ。

四階。宇野《うの》法律事務所。そういうプレートが出ていた。

ドアを入ると、女の子がちょっと坂井にほほえみかけた。

「ボスは？」

中だという仕草を、女の子は親指でした。奥に、もうひとつ部屋がある。

ノックをし、返事も訊かずに坂井はドアを開けた。

「俺が仕事中だってこと、秘書は言わなかったのか？」

「トイレじゃありませんか。いませんでしたよ」

「俺の神経を逆撫《さかな》でにして、なにかやらせようって気か？」

「トイレの話をしただけですよ」

「このビルから、俺がトイレをなくしちまいたいと思ってるのは、よく知ってるだろう」

「そうでしたか？」

「まあ、かけろ。そっちの派手なお顔をした人は？」

「画家の遠山先生」

「ほう。もしかすると、あの遠山一明《かずあき》先生か。その人をぶん殴っちまったんで、俺に話をつけろってわけだな」

「まあ、そんなとこです」

坂井が、テーブルの来客用の煙草に手をのばした。

「情報、入ってるでしょう、宇野さん？」

「内田悦子か？」

宇野は、自分のデスクを動かず、パイプに火を入れた。甘い香りが漂ってくる。

「遠山先生は、彼女を捜しておられます」

「わかった」

「なにがです？」

「なにかわかったら、すぐに知らせる」

「気持が悪いな」

「なにが？」

「なんでもありません。とにかく、よろしくお願いしますよ」

女の子が、コーヒーを二つ運んできた。宇野の分はないようだ。

「トイレに行くことを、禁止する」

女の子にむかって、宇野が言った。

「午前と午後に一回ずつ。それ以外は、禁止だ」

「裁判になれば、あたしが勝ちます」

大して動じた様子もなく、女の子が言った。

「裁判にはしない。馘《くび》にするだけさ」

「それでも、裁判になりますわ」

「いいとも。俺はライフワークにしてもいい。十年かけて、裁判をやってやるぞ」

女の子が、出ていこうとした。

「どこへ行く？」

「トイレです。我慢できなくて」

坂井が笑った。宇野が、坂井を睨《にら》みつける。その間に、女の子は姿を消した。

「川中は、どう動く気なんだ？」

「動くって、大袈裟ですよ。社長には、遠山先生を手伝うようにと言われただけです」

「くだらねえ」

「なにがですか？」

「あいつの紳士面さ」

「俺は、好きですけどね」

「おまえは、川中の犬みたいなもんじゃないか」

言いながら、宇野はパイプの灰を灰皿に落とした。神経質な男のようだ。パイプは、木目の整ったいいものだった。

「遠山先生、あの娘との御関係は？」

「女だよ、私の」

「正直な人だ」

「隠してみてもはじまらないだろう。余計な空想を働かせる前に、言っておいた方がいいと思う」

「愛し合ってるってわけですか？」

「少なくとも、私は。それは、確認できたね」

「自分の気持を確認しなければならないような、あやふやなところがあったってわけですか？」

「言葉で表現するのは、うまくない。馴《な》れてないと言った方がいいのかな」

「いいな。そういう言い方は、嫌いじゃない」

「情報が貰えれば、それなりのお礼はするつもりでいる」

「いりませんよ」

宇野が、またパイプに火を入れた。私はコーヒーを口に運んだ。インスタントらしい。

「こんなことを言うと、坂井はびっくりするでしょうけどね。内田悦子に関することでは、一切礼なんか受け取る気はありません」

濃い煙が、私の方へ流れてきた。

坂井が、また来客用の煙草に火をつけた。

「私は、いつも玲子と呼んできた」

「名前なんて、どうでもいいでしょう。他者と識別する記号みたいなもんだ。ただ」

「あなたが知っている玲子という女と、内田悦子は違う人間かもしれない」

「人間には、いろんな面があるということだね」

「まあね。夕方までには、かなりの情報が集まるでしょう。待てないというなら、それまで走り回ってみるんですね」

「そうするよ。無駄でもいい」

私はコーヒーを飲み干した。

坂井と宇野が、競馬の話をはじめた。宇野の口調は、どこまでも皮肉っぽかった。それが、蒼白《あおじろ》いむくんだような顔によく似合っている。

事務所を出ると、坂井はジャガーをホテルとは反対の方向に走らせた。

「キドニーと呼ばれてるんですよ、あの人。社長がつけたニックネームだそうです。社長と宇野さんは、認め合ってると同時に、憎み合ってる」

「君は、あの弁護士が嫌いじゃないみたいだね」

「三日に一度は、人工透析を受けなけりゃ死んじまう。悲しい話じゃないですか。それでも、あの人、生き延びようと懸命なんだ」

街並がとぎれ、海沿いの道になった。

ところどころ、白波の立った海。陽《ひ》ざしがいくら強くても、やはり秋なのだ。秋色は、植物だけにつけられる形容ではない。

私のジャガーは、坂井の手にかかるとまるで猫のようだった。十二気筒の馬力を絞り出すかと思うと、静かに減速もしていく。坂井は、両足を使って運転していた。

「変だよな」

「なにが？」

「宇野さんが、礼はいらないなんて言うんですからね。社長も藤木さんも、悦子、いや玲子さんのことになったら、無条件ですべてゴーなんですよね」

「私が助けられたのも？」

「ホテルへは、藤木さんが行けと言ったんですよ。あとは知らないな」

「偶然じゃなかったんだな、やはり」

「寄ってたかって、玲子さんを助けようとしてるみたいです」

「それが、いやなんだね」

「社長や藤木さんにゃ、俺は理屈は持たないことにしてんです。死ねと言われりゃ死ぬ。あの二人に較《くら》べりゃ、俺は鉄砲玉しかできないチンピラなんですよ。人間としてね。人間として及びもつかない」

コーナーに切りこんだ。ハイスピードのままだと思ったが、坂井は鮮やかなスロットルワークで、外に流れかかった車を抑えこんだ。

「ポルシェと較べりゃ、大人しい車です」

私の心配を感じたのか、坂井は笑いながら言った。私が心配しているのは、車ではなく玲子の方だ。

「社長のポルシェ、よく借りるんです」

「それより、どこへ行くんだね？」

「もうすぐです。宇野さんのとこのコーヒー、まずかったでしょう。客にまずいコーヒーを出すというのも、あの人の趣味みたいなもんでしてね。だから、口直しをちょっと」

「川中さんと宇野弁護士は、なにかで対立しているのかね？」

「生きることで」

「難しい言い方だな。それで、君はどっちにたくさん体重をかけてる？」

「そんな次元じゃありません。俺は宇野さんが好きだから、平気で出入りしてます。社長も、それは知ってるでしょうがね。どうでもいいことなんですよ」

「なんとなく、わかるような気もしてきたがね」

玲子は、なぜ姿を消したのか。私に迷惑がかかると考えたのか。それとも、別の事情があるのか。別の事情があるなら、行先ぐらいは私に知らせておいてもいいはずだ。

私に、これ以上の迷惑をかけたくない。馬鹿なことを考えるな、そう言ってやりたい。同時に、玲子ならそう考えてしまうだろう、とも思う。

「あそこです」

坂井が言った。ブルーの建物だった。コンクリートに、ブルーと白のペンキを塗ったらしい。壁の白い部分に、赤で『レナ』と大きく書かれている。

「秋山さんの奥さんが、やっておられる店じゃないのか？」

「そうです。ま、いろいろあった店なんですがね」

パーキングエリアに滑りこんだ。

私のジャガーは、久しぶりに力を絞り出して、いかにも気持よさそうだった。

「カリフォルニアにでもありそうな店だね」

「フロリダですよ。秋山さんの感覚で、ここは造ったんです。ホテルの方は、奥さんの感覚がかなり入ってるってことです」

「なるほどな」

白い木の扉を押した。

木製のテーブルが四つほどあり、天井からは三枚羽根の旧式の扇風機がぶらさがっていた。ゆっくりと回り、かすかな風を送ってくるというやつだ。

カウンターも木製だった。スツールが四つ。そのひとつに腰かけていた女の子がふり返り、いらっしゃい、と明るい声を出した。

「おふくろさんは？」

「いるわよ。外のお客さんのとこ」

窓が一面に開いていた。外には石造のテラスがあり、白いテーブルと椅子が四組ほど置いてある。そのむこうは、もう砂浜だった。

店の中には、二組の客がいた。外にひと組いる。全部、若い男女の組み合わせだった。

「結構、客が入ってましてね。車で気軽にこれるところだから」

「いい店だよ」

「前は酒場だったんです。傾きかかった古い建物でね。その二階の、物置みたいなとこに、藤木さんも俺も住んだことあるんですよ」

「男の人が住んでたから、物置みたいだったんじゃない」

女の子が口を挟んだ。

「秋山安見《やすみ》です。こいつのおふくろさんも、住んでたことあります」

坂井が、スツールを二つ引いた。そのひとつに、私は腰を降ろした。女の子が、私の顔の痣を見て、吹き出すのをこらえているようだった。

「いいのか、こんなとこにいて？」

「どういう意味？　坂井さんが、まさか勉強しなさいなんて言うんじゃないでしょうね」

「放課後に、喫茶店に寄っていいのかよ」

「ここ、うちだもん。それに、明日は土曜だし、ママの手伝いをしようと思ったんじゃない。土曜日は、お休みなんですよ」

終りの方は、私にむかって言ったようだった。土曜が休みということは、キリスト教系のミッションスクールなのだろうか。

奥の壁に、素描《デッサン》が一枚かかっていた。腕はよくないが、店の飾りとしては悪くなかった。全体に、建物がコンクリートであることを感じさせないような内装になっている。

女が戻ってきた。

私を見て、軽く頭をさげる。三十そこそこに見えた。ちょっと気の強そうな感じだが、悪くはない。赤毛のアメリカ女という雰囲気がある。

「遠山先生」

坂井が言った。ナツミです、と女は言い、字を説明した。菜摘《なつみ》。

「お嬢さんが、安見さんだとすると、お名前は万葉集から」

「はい。偶然ですのよ。私たち、血の繋《つな》がりはありませんから」

さらりと、女は言った。

「コーヒーを二つ。宇野さんとこのを飲んできたから」

菜摘が頷いた。コーヒーなど、ほんとうはどうでもよかった。それを見抜いたように、カウンターに入った菜摘が私を見てかすかに首を振った。

「言われたような女の方、見ませんでしたわ。街から離れた場所で、ここはひと休みしゃすい場所なんですけど。見かけない男も、現われなかった」

「男の方は、いいんだよ。遠山先生に関係ないんだから」

「そう」

玲子を捜すと同時に、襲った方も捜そうとしているようだ。それは、川中の考えなのか。そこまでやらなければならない理由が、川中にあるのか。

波の音が、よく聞えた。夏よりも、秋にこんなところで海を眺めてみるのもいいかもしれない。

「川中さんにお任せになれば、大抵は大丈夫ですわ」

「まあ、そうだと思うけど、社長は裏の連中は嫌いだからね。念を入れて、宇野さんにも頼んだってわけです」

「宇野さん、なんだって？」

「それが、気持悪いことに二つ返事。礼もいらないってんです」

「そう」

菜摘が、手もとに眼をやった。

コーヒーの、いい香りが漂ってきた。

どこかで覚えのある香りだという気がしたが、思い出せなかった。

9　男の葉巻

街を走り回ってみても、なにもわかりはしなかった。

市街地だけでなく、郊外の住宅地や、工場地帯も走り回った。山際のあたりにいくつもの工場があり、郊外の住宅はその社宅になっているのだと、坂井が説明した。

「絶望的な気分になってきたよ」

「そんなに、苛立《いらだ》たないでくださいよ。俺たちの四つの眼で捜してるだけじゃありませんし。それに、自分の意思で出ていったわけだから、さし迫った危険はないとも言えます」

外に拡《ひろ》がった、意外に広い街だった。人口は二十万を超えたという。

二十万分の一。それも、大手を振って歩いてはいないだろう。どこかに、ひっそりと息をひそめているに違いない。

夕方になっていた。エアコンのスイッチを切り、ウインドを降ろした。

躰の痛みは、いつの間にか消えていた。その場所に触れると、痛みがあることを思い出す程度だ。大した殴られ方をしたというわけではないのだろう。ただ、はじめての経験だった。躰も心も、ショックは受けた。それも、立ち直りつつある。

「かなり、走り回りましたよ、先生」

「そうだね」

「ホテルへ戻りますか？」

自動車電話に、一度も連絡は入らなかった。なんの進展もないということだろう。

「川中さんなら、いろんな連中を知ってるわけだろう。そういう人たちすべてに、手を回してくれてるのかな」

「そういうやつらには、わからないようにひっそりとやってますよ。むこうが、玲子さんがいなくなったことに気づくと、やはりまずいでしょう。むこうったって、正体がはっきりしてるわけじゃないですが」

「そうだね」

私は、ヘッドレストに頭を凭《もた》せた。後頭部の重さは消えている。奥歯がグラグラするのも、ほとんど忘れかけている。もともと、自分の歯ではなかったのだ。

重いのは心だけだった。

「川中さんに、会いたいんだがね」

「いまから戻れば、ちょうど社長が店に出てくるころですよ。俺も、そろそろ店に出なきゃならないし」

「藤木さんは、あの店のマネージャーなのかな？」

「いいえ。川中エンタープライズの専務ですよ。ただ、偏屈なんだ。いまだにタキシードで店に出るんだから。自分は、片隅で目立たないようにしてなくちゃいけない、と思いこんでるんです」

「静かな眼をしてる。君も秋山さんも、顔は似ていないが、そこは似ているね」

「画家の先生って、そんなとこを見るんですか？」

「眼は、見てしまうね。人の顔を描く時は、眼が命だから。もっとも、私の作品は風景画が多いんだが」

街並の中に戻ってきた。ようやく陽が落ちようとしている。

「あっ、もう社長は来てるな。いつもより十分早いや」

店のそばまで来た時、坂井が言った。臙脂《えんじ》のポルシェが、主人を待つ犬のように看板のそばにうずくまっている。

そのすぐ後ろに、ジャガーが停まった。ボーイが飛び出してきたが、坂井の姿を見るとすぐ中へひっこんだ。

「店の前に、車は停めさせないんですよ。ほんとはね」

まだ開店はしていないようだった。

カウンターに、男がひとり腰を降ろしている。それが川中だというように、坂井がちょっと指さした。

私が近づいていっても、川中はふりむかなかった。靴音は、厚いカーペットが吸いとってしまっている。

暗い眼の男。やはり、みんな同じ眼をしている。

カウンターに両肘《りょうひじ》をついた川中が、ゆっくりと私の方に顔をむけ、ちょっと驚いたように立ちあがった。私が名乗る前に、川中が名乗った。スツールを引き、私に勧める。暗い眼が、どこかに隠れていた。

もともとは、陽気な男だったのかもしれない。暗い眼を持ってしまった。つまりは、そういう人生を持ってしまったということだろう。

大きな男だ。躰つきががっしりしていて、頑丈そうだった。

「お怪我の方は？」

「大したことはありませんでした。それより、御迷惑をおかけして」

「怪我をさせちまったってのは、うちの若いののミスでしてね。あそこにいながら、先生に怪我をさせちまった。そこまで、先生が頑張るとは思ってなかったみたいです」

「じゃ、ホテルが襲われることを、予想されていた？」

「まあね」

川中の口調はくだけていた。それがいやな感じはしない。暗い眼を見ていなかったら、闊達《かったつ》な男と思ったかもしれなかった。

「あの部屋なら、屋上から侵入するのは難しくない。ただ、人間ひとりを無理に連れ出すのは無理だ。そう判断して、坂井はドアの外で待っていたんですよ。それにしても、よく頑張ったもんです」

「悪あがきだったがね」

「そんなもんでしょう。相手はプロみたいな連中なんだから。やられても立とうとした。あまりできることじゃないですよ。まして、画家の先生だ。睨みつけられただけでも竦《すく》むような、やわな男だと思うじゃないですか」

「やわな男さ」

「心はやわじゃない。そう思いましたよ」

川中が笑った。笑うと、若々しい顔になった。潮灼《しおや》けした肌に、白い歯が印象的だ。

坂井が、赤いベストを着て、カウンターの中に現われた。

「先生にもだ」

「お怪我が」

「やわな男じゃない。気にするな」

川中のその言い方が、なんとなく私は気に入った。

坂井が、シェーカーに酒を注いだ。見事な捌《さば》き方だった。シェイクしたドライ・マティニー。玲子が、無理に頼んだものと同じだ。

「こいつをうまく作れるバーテンが、なかなかいませんでね」

カクテルグラスを持ちあげ、川中が言った。声は低く澄んでいる。

せっかくのドライ・マティニーも、味がよくわからなかった。奥歯に、多少しみたのを感じたくらいだ。

「玲子のことですがね」

「内田悦子ですね」

「私は、玲子と呼んできた」

「じゃ、玲子ということにしましょう。いまのところ、情報はなにもありません。一応の網は張ってあるんだが、あの娘もこの街のことはよく知ってるはずだから」

「ただいなくなったのなら、私もこれほど心配はしない。襲われる危険があると考えなくちゃならないわけですよ」

「心得てますよ。まあ、待つしかないでしょう。気持はわかりますがね」

空のグラスを、川中はカウンターに置いた。坂井は、二杯目を作ろうとはしない。

「こいつを、毎日ここで一杯。習慣みたいなもんです」

「藤木さんは？」

「やつは、今夜は出てきませんよ」

「助けて貰った。その礼をしなくちゃならない」

「必要ないですね」

「こっちとしては、そういうわけにはいきませんよ」

「言いにくいが、先生を助けたわけじゃないんです。だから、礼も筋合いじゃないってことです」

「玲子を」

「そう」

「なぜ？」

「そうしなきゃならなかったから。こんな言い方しかできませんね」

「玲子は、この街でなにをやったのかな？」

「なにも。ごく普通の娘でしたよ」

それ以上の質問を、遮るような口調だった。

私は眼を閉じた。いまのところ、この男に任せているほかはない。

「絵が、割りに好きでね。先生の絵を買えるほどじゃありませんが」

「なかなかのもんだよ、彼も」

壁の絵に眼をやって、私は言った。

「うまくすれば、これからのびる男だね。時折、名前を耳にするようにもなったし」

「投資をしてるわけじゃないんです。あの絵は、ただ好きだった」

「そうやって買うのが、一番いいのさ」

私の絵が、投資の対象として買われはじめたのは、いつごろからだっただろう。私の知らないところで、絵だけがひとり歩きをしていく。

そのころから、私は寡作《かさく》になった。エネルギーが衰えはじめた、と言っていいのだろうか。しかし、寡作がさらに私の絵の値をあげた。人生とは、皮肉なものだ。

「飲みますか?」

坂井が、私にだけ訊いた。私は首を振った。店の女の子たちが出勤してきたのか、入口で嬌声《きょうせい》が聞える。

「生きているというのは、不思議なものだ」

「そうですか」

「玲子に会う前、私はもうこんな気持になることはないのだと思っていたよ。力が残っていたのだろうか。それとも、新しい力が湧《わ》いてきたんだろうか。どちらにしろ、私は若いころに抱いたある力を、取り戻している」

「わかりませんな、俺みたいにがさつな男には」

「五十八にもなって、大人になりきれていない部分があるんだろうか」

「もしそうだとしたら、羨《うらや》しい話です」

「川中さん、女は?」

「適当に。結婚しようという気は、とうになくなっちまいましたがね。もう、四十になるんですよ」

「恋をすることは、あるさ」

「そうかな」

「ついこの間まで、私は玲子をかわいがっているという気分だったよ。大事にして、かわいがっている。たとえは悪いが、気に入ったペットみたいなものだ」

「いまは？」

「玲子の中で、生きたいと思っている。あの娘の心の中で、いつまでも愛した男として生きていたい」

「なまなましいな」

「自分でも、そう思う。そういうなまなましさを、失っていなかったようだ」

「芸術家だからですよ、多分」

「人間だからだ。そう思う」

「難しいところだ」

「なにが？」

「先生を、うまく押さえこんでおけるかどうか」

「さすがだね。心をよく読む」

私は、ポケットのシガーホルダーから、ロメオ・アンド・ジュリエットのナンバー2サイズを二本出した。

「受けられないな」

「ぜひ、と頼んでも？」

「わかった。貰いましょう。ただ、言っておくことがあります」

私は頷いて、シガーカッターを出した。川中が吸口を切り、マッチを二本出した。一本目で先端を暖め、二本目できれいに火をつけた。

「先生は、自分が標的になろうというんでしょう。それで、襲ってきたやつを叩《たた》き潰《つぶ》せと。だけど、蛸《たこ》が足を一本のばしてきてるだけかもしれない。蛸の足一本を引きちぎったところで、本体に大した影響はない。それでも、いいんですか？」

私も、葉巻に火をつけた。それで、いいと言ったつもりだった。

「ハバナ産はうまいな。本物だ」

川中が言い、私を見てにやりと笑った。

10　プレイボーイ

ホテルを出たのは、午前三時だった。

バッグを後部座席に放《ほう》りこみ、ジャガーのエンジンをかけた。

「あなたにまで、迷惑をかけるつもりはなかった。申し訳ないと思っています」

「仕方ないですわ。ああいう亭主だから」

菜摘が、かすかに笑ったようだった。

ローで発進した。

海沿いの道に出ると、ドライブのレンジからまたセカンドに戻した。

スポーティな走りも、私にできないわけではない。スピードに狂った時期もあったのだ。

「それにしても、なぜみんなで玲子を庇《かば》おうとするのだろうか？」

「理由があるからですわ」

「どんな？」

「知りません」

「知らなくても、あなたは構わないんですか？」

「知ってますわ」

「冗談を言い合う気はない。本気で喋《しゃべ》ってるんですよ」

「あたしが知ってるのは、主人が川中さんのためになにかしてやりたい、と思っていることです。だから、あたしも協力します。それだけですわ。川中さんが、なぜ玲子さんを守ろうとしているのかは、知りません」

「御主人は、玲子を守ろうという気でやっているわけではない？」

「会ったこともないそうです」

「それでも、彼はいいんだろうか？」

「川中さんに、ちゃんとした理由があれば。そして、川中さんはちゃんとした理由を持つ人ですよ。でなければ、友だちになにかやってくれと、頼みはしないわ」

「なるほどね」

カーブに切りこんだ。抜け際には、かなりの加速がついている。ドライブのレンジだと、こうはいかなかった。

「心配しないでください。これでも、運転歴は長くてね」

「見てれば、わかりますわ」

古いヨットハーバーは、明りが消えていた。その脇を走り抜けると、私はすぐに左に方向をとった。山道になる。それを越えると、別の街があると教えられた。

カーブの多い坂道では、セカンドのレンジが威力を発揮した。ほとんど、フットブレーキは踏まず、エンジンブレーキだけで済んだ。時折、後輪が外へ流れる。このジャガーを、コーナリングの限界まで走らせてやるのは、はじめてと言ってよかった。

気持よさそうに、エンジンが吠《ほ》えている。

「いいものですわね」

「なにが？」

「男同士というやつ。見てて、嫉妬《しっと》を感じることがありますわ、あたし」

「それでも、協力してくださる」

「嫉妬してるだけじゃ、仕方ありませんものね。女にもなにかできるって、男たちに教えてやらなくっちゃ」

人家は、とうになくなっていた。ライトは、ハイビームに切り替えてある。枝を張り出した樹木が、薙《な》ぐように照らし出されていく。

ヘッドライト。後方によぎった。追ってきているのかどうか、樹木に隠れて確かめることはできない。

ちょっと、スピードを落とした。すぐに、後ろに車が迫ってきた。

「狙《ねら》い通りだな。現われた。しかも、二台いる」

とにかく山を越えて、そのさきにある街まではいかなければならない。途中で捕まれば、菜摘まで危険に晒《さら》すことになる。

追いあげてくるスピードからみて、車の性能はよさそうだ。

自動車電話は、使わなかった。傍受される危険がある。

「私の腕ひとつだな」

「なんだか、愉《たの》しそう」

「愉しいというわけじゃないが、充実はしているね」

急なコーナー。エンジンブレーキ。切りこんだ。後輪が外へ流れる。素早くカウンターを当てた。

捨てたものではない。若い連中にもできないような走りが、いまもできる。後ろのヘッドライトは、ちょっと遠ざかっていた。

「立派なものですわ、先生」

「私も、そう思っていたところさ」

「それに、車もいい」

菜摘は、落ち着いていた。度胸の据った女だ。

「道は間違えようがないと、川中さんが言ってたが」

「御心配なく。あたしもよく知ってます」

畠《はたけ》があった。なんの畠なのかはわからない。道はかなり平坦《へいたん》になり、カーブも少なくなった。峠の道というところなのか。後ろから、また追いあげられた。一台が、抜こうとしているようだ。

ドライブのレンジに入れ、踏みこんだ。加速が、躰をシートに押しつける。

「大丈夫かな?」

「あたしのことは、気になさらないで」

ヘッドライトが、ちょっと遠ざかっていた。全開にすれば、やはりパワーはある。

下り。畠が跡切《とぎ》れ跡切れになり、雑木林が増えてきた。カーブ。まずセカンドに叩きこみ、フットブレーキを一度踏んだ。際どく、曲がりきった。

「いい車だわ」

のんびりした口調で、菜摘が言っている。

ミラー。ヘッドライト。光に薙ぎ倒されていく樹木。

上りほど長い下りではないらしい。カーブはきついが、思い切ればもっとスピードはあげることができる。

逃げるのが、目的ではなかった。私はたえずミラーを注視し、後ろのヘッドライトからそれほど離れないようにした。

さすがに、下り坂で抜こうとはしてこなかった。追ってくるのは、やはり二台。十メートルほどの車間距離だろうか。時折、光が車の中を射抜いている。助手席に乗っている女の姿は、当然認めているだろう。

余裕のある運転をしているつもりだったが、私の掌《てのひら》は汗で濡《ぬ》れていた。背中にも、汗は流れているようだ。それに気づくだけ、余裕があるということなのだろうか。

樹間に、街の灯が見えた。きらびやかなネオンなどないが、闇《やみ》の中ではひどく明るい場所のように思えた。

また畠が多くなってきた。傾斜は緩やかになり、カーブも少なくなった。

後ろの車が、いきなり突っかけてきた。白いソアラのようだ。私も踏みこんだ。並んでくる。ソアラの鼻さきが、ほとんど運転席と並ぶくらいになった。その状態でひと呼吸走り、それからジャガーが少しずつ前に出た。カーブでも、私はほとんど減速しなかった。カーブを抜けた時、ソアラとはまた十メートルほどの距離が開いていた。

抜くのは、諦《あきら》めたようだ。

街の灯がさらに近づき、道は平坦になった。ソアラの後ろにいた車が、いきなり突っかけてきた。車高が低い。加速も相当にいい。

もうひと息だった。ここで、抜かれるわけにはいかない。ドライブのレンジで全開。百四十から五十。並んできたが、すぐにまた引き離した。

「フェアレディ・Zだわ。やっぱり白。日本の車って、どうしてこう白ばかりなのかしら」

菜摘が、暢気《のんき》なことを言った。

それで、私はふっと冷静に戻った。抜かれたところで、抜き返すことはできる。ぶつかってもいいという気持があれば、前に出ても停止させるのは骨だろう。フェアレディ・Zとジャガーでは、ぶつかった場合のダメージが違いすぎる。

「抜かせようと思うんだがね、そろそろ」

「落ち着いてらっしゃるわ、先生」

「雨の中を走ってるようだよ」

「雨？」

「全身が、冷や汗で濡れている」

「やっぱり、落ち着いてらっしゃるんですよ。冗談なんかおっしゃって」

「目印の山裾《やますそ》の学校というのは、まだ遠いのかね？」

「あと二キロというところかしら。一キロ手前になったら、知らせます」

「そのあたりで抜かせるのが、まあ適当かな」

　スピードは、百キロ前後だった。抜きにかかってきた時だけ、踏みこんでいる。

「このあたりです」

　菜摘が言った。フェアレディ・Zが、ちょうど抜きにかかったところだった。並んでくる。

　相手の加速を測り、ひと呼吸遅れて、私も踏みこんだ。フェアレディ・Zが前に出た。それでも、完全には抜かせなかった。Zのテイルと、ジャガーの鼻さきの右側が触れてしまいそうだ。

「あそこ」

　菜摘が言った。学校の建物。闇に白く浮かびあがっている。心持ち、私はスロットルを閉じた。Zが前に出た。ブレーキランプ。車に制動力がかからない程度で、適当にブレーキを踏んでいるようだ。

私も、ブレーキを踏んだ。Ｚが、前へ突っ走っていく。後ろのソアラは、やはり急ブレーキを踏んだようだ。

挟まれた。それでも、まだ停まってはいない。徐々にスピードが落ちていくだけだ。

学校のすぐそばで停まった。

Ｚからひとり、ソアラから二人降りてきた。菜摘の顔は、まだ相手に確認されていないようだ。

助手席の方に二人、運転席の方にひとり立った。私はドアを開けず、ウインドだけを降ろした。ソアラのヘッドライトに照らされて、男の顔がはっきりと見えた。どこかで見たことがある。そう思ったが、はっきりはわからなかった。

「車を毀《こわ》されたくなかったら、ロックを解くんですね」

「君は？」

「名乗るほどの者じゃありませんよ、遠山一明先生に」

「私に用事かね。それとも、私の連れに用事なのか？」

「わかってるでしょう、そんなこと」

言ってから、男ははじめて菜摘の顔を確認したようだった。

「誰だ？」

「誰だって、あなた方、主人に雇われた興信所の人でしょう。敢《あ》えて、あたしに名乗らせなきゃならない理由があるわけ？」

菜摘が、意外なことを言った。打合わせでは、学校のそばで待てばいいということだった。

「まだ、ほんとに浮気したわけじゃないわ。ちょっと山道のドライブを愉しんだだけですからね。早まったわね」

「浮気だと？」

「まだしてない。そう言ったでしょう。一緒に車に乗ってるとこじゃ、証拠にもならないわよ」

後ろから、車がもう一台突っ走ってきて、すぐそばで急停止した。メタルグレーのボルボだった。秋山が飛び出してくる。ひとりだけだ。

「菜摘」

呶鳴《どな》り声に近かった。

「俺の車に移れ」

菜摘は大きく溜息《ためいき》をつき、ドアを開けてボルボの方へ歩いていった。

「先生とのお話は、あとにさせていただきます。しかしね、遠山一明ともあろう人が、子供みたいな真似《まね》はやめていただきたいですな」

それから、秋山は男たちの方に眼をやった。

「あんたたちは？」

「遠山の連れの女を捜してる」

「私の家内を？」

「あそこのホテルの社長さんだね。遠山は、若い女を連れてたじゃないですか」

「あの女か。きのう、荷物をまとめて出ていった」

「出ていった？」

「とにかく、遠山さんは私の家内が目当てだったんだ。若い女なんか連れて、私を安心させるとはね。姑息《こそく》な男だ」

私は、笑いそうになるのをこらえていた。秋山は、さっさとボルボに乗りこみ、苛立ったように急発進すると、前方でUターンし、私たちの脇を走り抜けていった。

「どういうことなんだ、遠山？」

ボルボが見えなくなってから、ようやく男が言った。

「人妻を食べ損ったよ」

私も、田舎芝居に乗るしかなさそうだった。

「しかし、嫉妬深い男だ。夜中まで、私を見張っていたとはね」

「玲子は？」

「あの女ね。きのう、ホテルから出した」

内田悦子と言わず、玲子と言った。それが、私の神経のどこかにひっかかった。

「ホテルから出したとは？」

「あの女は、いわくがありすぎる。部屋を襲われてね。私は怪我をする破目になった」

「それじゃ」

「あんな女と、一緒にいられはしないだろう」

男が舌打ちをした。確かめるようにもう一度車の中を覗《のぞ》きこむ。

ヘッドレストに頭を凭せ、私は大きく息をついた。

「あれは、玲子という名じゃない。内田悦子というんだ。こっちへ来て、はじめて知ったことだがね」

「そうだ、内田悦子さ」

玲子と言ったことを取り繕うように男は言い、残りの二人に合図して車に戻った。

二台が走り去っても、私はその場にじっとしていた。

中学校の塀の脇から、ゆっくりとポルシェが滑り出してきた。運転しているのは、坂井のようだ。助手席から、川中の大きな躰が降りてくる。

「私を、とんだプレイボーイにしてくれたね、川中さん」

「いい陽動になった。それに、秋山の奥さんをたらしこもうとしたプレイボーイなら、先生もひとまず安心ってことになる」

「連中、行っちまったよ」

「それは、こっちでうまくやります。戻りましょうか。帰りは安全運転でね」

「玲子と言った」

「えっ」

「やつらのひとりさ」

「なるほどね。悦子とは言わなかった」

頷いて、私は車を出した。

11　法律家

午前中のうちに、私はシティホテルへ移った。

土曜日で、ホテル・キーラーゴは混みはじめている。それに、私は経営者の妻を誘惑した男だ。

部屋に荷物を入れると、すぐに宇野法律事務所に行った。同じ通りで、歩いても大した距離ではない。

誰かに尾行《つけ》られているような気がしたが、わからなかった。人間の表情や、その表情の裏側に隠されたものを、きちんと見ようとする習性はあった。尾行を気にする生活は、してこなかったのだ。

宇野は、きのうと同じようにデスクで書類を見ていた。顔色は、いくらかよくなっている。

「秋山の奥さんと、浮気したそうですね」

言って、宇野はにやりと笑った。

「しそうになった。その前に、旦那《だんな》に追いつかれちまってね」

「旦那は、嫉妬に狂って告訴も辞さずってわけか。まったく、くだらん田舎芝居を考え出したもんだ。どうせ川中あたりの浅知恵だろうけどね」

「君とも、おおっぴらに会えるわけだ。心配なのは、君はむしろ秋山さんに付くべきじゃないかと思える点なんだが」

「秋山は川中と近くてね。川中と俺は犬猿の仲ってわけだから、俺が先生につくのは当然ってことになります」

「ほんとうに、犬猿の仲かね？」

「昔は、友人でしたよ。いい友人だった、と言ってもいいでしょう」

「いまは？」

「この街から、あいつが消えればいいと思ってる。冗談じゃなくてね。川中も、多分そうでしょう。いろいろ、ありすぎたんだ」

女の子が、コーヒーを運んできた。インスタントの匂《にお》い。口直しに、『レナ』に行くわけにはいかないだろう。

「帰っていいぞ」

宇野が、女の子に言う。女の子は、当然という表情で頷いた。

「法律家志望でしてね。そんなのを雇うんじゃなかった。仕事をやらせりゃ早いが、人間の持っている権利を、誇大に考えすぎている。それを主張するのが、正義だと思いこんでいるんですよ」

「違うのかな」

「大違いですね。正義なんてものは、いつだって相対的なものにすぎない。ひとつが正義だと決まれば、ほかはすべて悪になる。決まり方はいろいろありますがね。多数決とか、武力とか」

「大袈裟な話だ」

「芸術には正義も悪もないな。邪悪なものが、香り高い場合もある。まさしく、人間の麻薬ですよ。酔わせればいいんだ」

「芸術にはないかもしれんが、人間にはある。少なくとも、個人は自分自身の正義というものを持つべきだろうと思う。私はいま、そう思ってるよ」

「それも、きわめて芸術的な考えです。先生はいま、玲子という女に対する自分の気持に、忠実であろうとしているだけでしょう」

「それこそ、人間の正義ではないのか？」

「人間のあり方のひとつだ、それは。正義とは可変の観念で、人間のあり方は観念ではない実態ということになります。川中は、あり方にこだわってる男でね。客観的にその実態を眺めれば、人殺しにすぎない。しかし少なくとも、あの男の中に、法律的な罪悪感はないと言っていいでしょうね」

「明晰《めいせき》な人なんだろうな、君は」

「法律屋は、技術として論理性を身につけているだけですよ」

宇野が、パイプに火を入れた。ハーフ・アンド・ハーフの葉だ。私もパイプをやったことはあるが、画家にパイプというできすぎたイメージに負けて、やめてしまった。

シガーホルダーから、モンテクリストを一本抜いて火をつけた。事務所の中は、たちまち煙で一杯になった。

「いいシガーカッターをお持ちですね」

「プレゼントされた。私の絵が好きだという刀匠《とうしょう》がくれたものさ」

私は、シガーカッターをデスクに置いた。宇野が手をのばす。

ちょっと厚目の刃がついたカッターだ。刀匠が、自身で打って造ってくれた。それを使うと、切口の具合が、まるで違うのだ。切口が鮮やかだからといって、葉巻の味が変るわけではなかった。最初に吸口を切り落とす時の、感触が好きなだけだ。切れ味の微妙な差によって、葉巻の状態もよくわかる。葉巻には、いつも七十五パーセントの湿度が必要で、乾いたものは味が辛い。

「いつも、ハバナを？」

「馬鹿げたことだとは思うがね。お札を丸めて灰にしているようなものだ」

「保管が大変だ、という話も聞きました」

「専用のボックスを、いくつか持ってる」

コーヒーが冷めはじめていた。宇野は、ことさら勧めようともしない。

宇野が、デスクの背後にある換気扇の紐《ひも》を引いた。面白いように、煙がそこに吸いこまれていく。

「玲子は、見つけますよ。必ず、見つけます」

「どういう女なんだ、あれは？」

「先生の方が、よく御存知でしょう。多分、誰よりもよく知ってるはずです」

「私が知ってるのは、玲子であって、内田悦子ではない。川中さんも宇野さんも、内田悦子をよく知っているようだ」

「知りませんよ」

「川中さんも？」

「多分ね。俺と似たようなものでしょう。街を歩いていて、擦れ違ったとする。しばらくして、あれは内田悦子だったのではないか、と思う程度です」

「それなのに、なぜ？」

「こだわってるんでしょう、川中も俺も。内田悦子が、どんな女であろうと、そんなことはどうでもいいんだ。悦子が玲子になり、この五年でどれだけのことをやってきたとしてもね」

「別の事情か？」

「川中から、聞かなかったんですか？」

「話したくない、という様子だった」

宇野が、コンパニオンの先端で、パイプの中を少し突っついた。灰皿に、ちょっと灰を落とす。それからもう一度、火をつける。やはり、神経質な男だ。葉巻もパイプも、灰は多少残した方が、むらなく燃える。

「内田悦子にとって大事だった男を二人、みんなで寄ってたかって殺したんですよ。川中や藤木や俺で。秋山がこの街に来る、ずっと前のことですがね」

「なぶり殺したなんて、君」

「意識として、そうだということです。勿論《もちろん》、手を下したわけでもなく、死地へわざわざ追いやったわけでもない」

モンテクリストの煙が、のどにひっかかってくるようだった。宇野は、まったく表情を変えていない。

私は、保《も》たせればまだ保つ灰を、灰皿の中に落とした。葉巻の灰は、紙巻などよりずっと腰がある。

「二人の男のうちのひとりは、彼女の兄だろう？」

「そう。もうひとりは、あの兄妹の親父《おやじ》みたいな男だった。兄の方は、針金で絞め殺された上に、腹の真中に匕首《あいくち》を突き立てられていましたよ。親父代りは、神崎《かんざき》という面白い男でしたがね、ウェザビー四六〇マグナムという、大砲みたいなライフルで、躰を粉々にされました」

「いつ？」

無意識に、私はまた灰を落としていた。

「彼女は、多分二十歳《はたち》になっていなかったでしょう」

「それで、君たちは玲子を助けようとするわけか」

「川中のことをいろいろ言いますが、俺もどうやらこだわるタイプらしくてね。この件に関しては、川中を助けることになるかもしれないと思ってますよ」

宇野が、皮肉っぽい笑みを浮かべた。

私は、また葉巻の灰を落とした。灰皿にはなにも落ちてこない。いつの間にか、火は消えていた。マッチを擦る。煙は、やはりのどにひっかかってくるようだ。

「詳しく、話してくれないか」

「それは、川中から聞くといいでしょう。やつも、嘘《うそ》を並べて自分を飾るタイプじゃない」

「喋りたくなさそうなんだ」

「いずれ、喋りますよ。消えた彼女が見つかったというだけで、問題は解決しそうにもありませんからね。妙な連中が、この街に入りこんできている。先生と彼女を追うようにしてね」

「妙な連中とは？」

「それはわからない。彼女の情報を摑もうとしていて、そっちがひっかかってきただけでしてね」

「君も、喋りたくないらしいな」

「いい記憶じゃありませんのでね」

私の葉巻は、また消えていた。

「先生とは、これからどういう連携プレイをするのか、話合わなくちゃならない。単純に、彼女を見つければいいという問題じゃないんですから」

「そのようだな」

「とにかく、先生と俺の関係は、秋山に対する法的な当事者と代理人ということです。俺と組んでるかぎり、いくら調べても川中側の人間ということにはなりませんから」

「そうやって、まずは玲子を捜すということにするか」

「先生は、多分いろんなことで鍵《かぎ》を握ることになるでしょう。彼女を追っている連中が、それなりにちゃんとしているとしたら、ここでいま俺に会っていることも、わかっているでしょうし」

シティホテルからここまでの間、尾行《つけ》られているような気はした。ありそうなことというよりも、当然あると予想できることだ。

連中が、私にそれだけ注目しているとしたら、私にも芝居のやりがいはあろうというものだった。五十八年の間、芝居の主役だったためしはない。

「さしあたって、なにをやればいい」

「こんなふうに、しばしば事務所を訪ねてきてください。彼女の消息は、いずれわかるでしょう。この街にいればですが」

「いるさ。ここへ来た理由というのは、あるはずなんだ。私のそばからは消えたとしても、この街からは出ていかないと思う」

「じゃ、大した時間はかかりません」

宇野が、パイプの灰を落とした。まったく神経質な喫《す》い方だ。

私は、葉巻に火をつけた。一本の葉巻に、こんなに何度も火をつけたのは、はじめての経験だ。一度火をつけたら、ほとんど消したことはない。

「東京のデパートで、先生の展覧会が開かれたことがあった。俺は、わざわざ見に行きましたよ。あのころからですね、先生の絵の値段があがったの」

「絵の値段なんて、あってないようなものだよ」

「買おうかと思った人間には、なかなかそう思いきれませんでね」

「あのころから、私の絵も堕落した。自分でそう思ってる」

「画家の堕落というのは？」

「きれいな絵を描いちまうことさ。命というものは、汚れていてきたないものだ。その汚濁の中に、真珠の粒のような神聖さが混じっている」

「つまり、絵に命が感じられないものが、堕落した絵ってことですか」

「私が、そう思っているだけだが」

「思っている間は、堕落ではないでしょう。ほんとうに堕落すると、それすらもわからなくなる」

「論理の技術者だね、法律家はやはり」

「絵は、好きなんですよ。感覚として好きなんだ。先生の絵にも、魅《ひ》かれてました。線の太さが、圧倒してくるみたいでね」

「描いても描いても、きれいな絵しかキャンバスに現われてこない。それを、また人が褒める。そういう時の、描き手の焦りがわかるかね。詐欺を働いているような気分だよ」

「わかりませんね」

「玲子とは、付き合いはじめて一年になる。穏やかに、若い娘をかわいがる年齢になったのかと、はじめは思っていたよ。違うね。玲子が消えて、それがよくわかった。私は、私の絵の命を取り戻そうとして、若い命を食っていたのだと思う」

「芸術家の苦悩の話は、それくらいにしておきませんか。それより、昼めし時だな。よかったら、御一緒に。俺は、先生よりも老人臭いものしか食わないと思いますがね。一緒にめしを食ってるというのも、連中に対する陽動にはなります」

宇野が、パイプに残った葉をかき出した。私の葉巻は、消えていない。

「似ているな」

「川中とですか。よしてくださいよ」

「川中さんも藤木さんも君も、そして坂井という青年も」

「俺は、川中を羨しいと思ってますよ。だから、なおさら憎い。正直な話です。俺が正直になるのは、滅多にないことです」

宇野が笑って腰をあげた。

私のコーヒーは、すっかり冷めて、濁った水のようにテーブルで澱《よど》んでいた。

12 隠れ家

ホテルへ戻って、シャワーを使った。

頭から湯を浴びている時、ふとひらめいたものがあった。

内田悦子であるべき女を、玲子と呼んだ男。一度だけ、銀座のクラブで隣り合わせに飲んだ。玲子はその席にいて、かなり時間が経ってから私の席に移ってきた。

あの男は、ひとりで飲んではいなかった。誰かのお供という感じで、かしこまって座っていた。

バスルームを出て、バスタオルで頭をこすった。多少薄くなっているが、私の頭は、禿《は》げるより白髪になるたちのようだ。

洗髪したあとは、ほとんど白く見える。整髪料を使うと、いくらかグレーがかってくるのだ。

顔の痣は、消えるどころか、むしろ濃くなっていた。腫れはひいているので、顔の一部分に、まるで色をつけたようだ。

鏡の前に腰を降ろした。

あれは、いつだったのか。私が店へ入っていった時、玲子はすでにその席についていた。

入ってきた私に、ちょっと頭を下げて挨拶《あいさつ》しただけだ。

私は、ブルーのスエードのジャケットを着ていた。パリの小さな店で見つけたものだ。それに触れて、女の子が素敵だと言った。だから、秋だったのだろう。

一緒にいた男。小柄だった。頭頂が禿げて、風采《ふうさい》もあがらなかったが、精力的な眼を持っていた。着ていた服の仕立てはよかったが、ありふれたものだった。

そこまでしか、思い出せない。

眼を閉じた。店へ入っていった時のことから、もう一度思い返した。混んではいなかった。その席に、玲子も含めて五人の女の子が付いていた。

社長。そう呼ばれていた。社長と先生は、銀座ではありふれた呼び方だ。それだけでは、思い出すきっかけにもならない。

トイレに立った時、その社長と擦れ違いになった。服の襟についたバッジ。横に長かった。ネクタイが、紺地に白の大きなドットで、そこだけ派手だと思ったものだ。

電話。あの若い男。会社名を言って、ハイヤーを呼んでいた。

鏡に、ひと筋汚れが付いている。私はそれを、肩にかけたバスタオルで拭《ぬぐ》った。

カサイ商事。ふと名前が浮かんだ。そうだったのかどうかは、はっきりわからない。ただ、一度浮かんだものは、なかなか消えていかなかった。

私は電話を取り、川中エンタープライズの番号を回した。

「先生ですか」

川中はすぐに出た。

「キドニーとめしを食ってたって情報、もう入ってますよ」

「茶そばをね」

「どうかしましたか？」

「無駄な手間になるかもしれんが、今朝方の車の男」

「悦子と言わずに玲子と言った男ですな」

「カサイ商事の社員だったたって気がする。多分、社長の秘書かなにかだ」

「カサイ商事ですね」

「それが、実ははっきりしない。ただ、そんなふうに思い出しちまった。顔や姿は、よく思い出せるんだがね」

「社長の方ですね？」

「調べるのは、難しいだろうか？」

「参考にはなると思います。藤木が、今朝の連中を尾行《つけ》たんですがね。どうも尻尾《しっぽ》を出す気配がないんですよ」

「ホテルの部屋を襲ってきた二人は？」

「雑魚の部類でしょう。もともと、藤木に手もなくひねられているし。結局、わかったのはトラブル処理を生業《なりわい》にしているような連中だってことだけです」

「そんな職業があるのかね？」

「先生の知らない世界も、たくさんあるんですよ。トラブル処理と言っても、要するにな
んでも屋ですな。だから、ああいう仕事もやったんです」

「とにかく、いま思い出せたのは、カサイ商事という名前だけだ。銀座の店で、その男に
会った。店を通して調べられないこともないだろうが、土曜日で休みだからね」

「自宅の電話は、悦子、いや玲子のところしか知らないってわけですな」

「そう」

「調べてみましょう。先生は、少し休まれた方がいいですよ」

「年寄り扱いだな」

「もう、充分活躍しましたからね」

電話を切った。

しばらく、裸のままでいた。冷房が、適度に躰を冷やしている。

髪に整髪料をふりかけた。それで、鏡の中の私はいくらか若返った。二十歳のころで、絵をはじめたのは二十歳のころで、私は経済学
部の学生だった。父親は戦死し、母親は父の弟と結婚していた。あのころは、それがめず
らしいことでもなかった。

素描《デッサン》から、すべて独学だった。公募展に出した絵が、新人賞に選ばれた。二十四歳の時だ。それでも、絵で食えはしなかった。

若いころ、いくらかでも鍛練していれば。鏡に映った自分の裸体を見て、そう思う。飽食のツケは、下腹のあたりに露骨に出ていた。

友人たちがゴルフをはじめた時も、私はやらなかった。運動といえば、画材を抱えて歩き回ったことだけだ。最近では、それも車を使っている。

ブルーのシャツだけを着て、ベッドに横たわった。

母と結婚した父の弟は、私が三十一歳の時に死んだ。それを追うように、母も二年後に死んだ。妹がひとりいて、金沢に嫁いでいるが、疎遠だった。

なにを思い出そうとしている。自分で呟いてみた。なにか考えていないことには、苛立ちを抑えきれない。すぐにもホテルを飛び出して、玲子を捜し回りそうだ。

耐える時だった。川中や宇野を信用するしかない。

電話が鳴った。ベッドに横たわって、三十分も経っていない。

「ひとつ、怪しいことがあるんですがね」

宇野だ。私はベッドから上体を起こし、受話器を握り直した。

「どういうことだね」

「岬があるんですよ。『レナ』のちょっとさきです。その岬のはなに、二十軒ちょっと家がありましてね。ビーチハウスとして東京の業者が売り出したもので、いまはもう荒れ放題ってとこです」

「そこに、玲子が？」

「それは、はっきりしない。ただ、ひっそりと身を隠すには、考えてみれば適当だ。盲点でもあるし」

「行ってみよう」

「待ってくださいよ」

「待てんよ」

「尾行が付いてるかもしれないことを、忘れちまったんですか。確実な情報じゃないが、もしほんとうに彼女なら、連中にまで教えることになりますぜ」

「どうすればいい」

「川中に、知らせてくれませんか」

「どうして、自分で知らせないんだ」

「喋りたくないんですよ。川中なら、うまくやるはずです」

「わかった」

むこうから、電話が切れた。

私は、川中にかけ直した。

「なるほどね。あそこならな」

「われわれはみんな、どこからか見張られている、と考えた方がいいんだろう？」

「まあね。しかし方法がないわけじゃない」

「私が行くのは、やはり駄目か？」

「キドニーは、あれで結構鋭い男です。危険がないなら、先生を連れて行っちまってるでしょう。俺でなきゃできない。だから、電話しろと言ったんです」

電話が切れた。

いまから、私が岬のビーチハウスへ出かけていくのは、駄々っ子の行為と同じだった。街に留《とど》まっているしか、方法はないだろう。

ズボンを穿《は》き、部屋を出て下へ降りていった。

駐車場のジャガーを引き出す。

ホテルのすぐそばのガススタンドに入れ、洗車とワックスがけを頼んだ。この三、四日で、かなり汚れてしまっている。

街を歩いた。地理は、およその見当がついている。土曜の午後で、繁華街は人出が多かった。人の波に紛れる。それでも、背中に視線は感じた。

デパートに入った。売っているものは、東京と変りないようだ。もっとも、私に流行などわかりはしなかった。

香水をひとつ買った。ジョイという香水で、それは玲子に合わないだろうと思ったのだ。デパートの外の電話ボックスから、『レナ』に電話を入れた。

「もう一度、逢引《あいびき》をしたいんだがね。プレゼントを渡すだけだ」

「それは、いいんじゃないですか。あたしも、なにかできないか考えてたとこでしたわ」

「ビーチハウスの話は、知ってるんだね？」

「ええ」

軽い音楽が、菜摘の背後から聞えていた。

「出られるかね？」

「三十分後。駅ビルの屋上で」

電話が切れても、私はしばらく受話器を握ったままでいた。どこからか、見られているかもしれない。そう思ったが、やはりわからなかった。

歩き回って、三十分潰した。

駅ビルは、働きすぎてしまった老人のような建物だった。菜摘が、その屋上と言った意味が、昇ってみてすぐにわかった。ほとんど人気はない。ベンチがいくつか並んでいるだけだ。

私は、五分ほどベンチに腰かけていた。

菜摘が、ベージュのワンピース姿で現われて、そばに腰を降ろした。

「尾行《つけ》られてますわ。自分の車じゃなく、タクシーを使ったんですけど」

「私は、よくわからなかった」

「先生も、多分尾行られてますよ。いきなりキスするってわけにはいかないかしら」

「それこそ、秋山さんに叱《しか》られるよ」

「主人は、セックス以外ならなんでもやってこい、と言ってました」

菜摘が笑った。私は、香水の包みを菜摘の膝《ひざ》の上に置いた。

「君の好みがわからなくて」

「あまり気にする方じゃありませんわ」

包みを解きながら、菜摘が言う。ほのかな香りは、はじめから漂っていた。車で山越えをした時も、いい匂いが残っていたものだ。

「気にしてるように思えるが」

「気にしないって、主人がです。あたしが香水を使ってることも、知らないかもしれません」

「なるほど、そういうことか」

ジョイの瓶を見ても、菜摘はなにも言わなかった。

「波、静かだといいんだけど」

「船を使うのか。しかし、川中さんも見張られているかもしれない」

「ホテルに、クルーザーがあるんです。『キャサリン』という名のね。あたしの前の奥さん、菊子《きくこ》さんとおっしゃったんですって。それからとった名前です」

「じゃ、秋山さんが」

「主人は、ホテルにおります。土崎《つちざき》という人が乗り組んでるんで、その人が行ったはずだわ。シガーが好きで、ハバナ産を宝物のように抱えこんでいる人よ」

「そうか」

「心配いりません。主人やあたしが心配いらないように」

私は頷いた。頷くよりほかになかった。

13　刑事

ホテルへ戻ったのは、五時すぎだった。

磨きあげられたジャガーを駐車場に入れ、八階にあるホテルのバーに行った。そこからだと、海や港が見えた。港には、かなり大きな貨物船も入っているようだ。港のむこう側にかすかに見える緑の半島が、ビーチハウスがあるところだろうか。

食前酒のつもりで、ドライ・マティニーを頼んだ。シェイクされてはいない。それが飲めるのは、『ブラディ・ドール』のカウンターだけだろう。

「遠山先生でいらっしゃいますね？」

背後から声をかけられて、私はふり返った。四十年配の男が、ひとり立っていた。淡い茶の麻のスーツ。悪くはないが、ちょっと季節はずれだった。

麻は、秋口に着るものではない。

「なにか？」

「内田悦子を連れて、この街にこられたんですよね？」

「だとしたら？」

「掛けても構いませんか？」

「どうぞ」

「連れてきたはいいが、内田悦子は消えてしまった。それでも、東京にお帰りにはならない」

「君は？」

「申し遅れました。大木《おおき》という者です」

男がチラリと見せた手帳には、確かに警視庁という字が書いてあった。

「刑事さんか」

改めて、私は大木と名乗った男を見直した。きれいに分けた髪。ちょっと曲がったネクタイ。ほかに、特徴らしいものはない。

「クラブホステスで、店では玲子と名乗っている。間違いありませんな」

「答える必要はないと思う」

「なぜ？」

「玲子は、勝手に私の前から消えた。私は、たまたまここまで車に乗せてきたようなものだね」

「たまたまですか？」

「ここの海の絵を、描《か》くつもりだったんだ。それだけだよ」

「あそこの、『レナ』とかいう店のママさんは？」

「それこそ、君には関係ないな」

「事情を、まったく御存知ないようですな。自分は、捜査一課の所属ですよ」

大木は、ハイライトをくわえると、使い捨てのライターで火をつけた。ワイシャツは白く、糊《のり》が効いているが、袖口《そでぐち》のところが綻《ほころ》びていた。

捜査一課が、殺人などの兇悪《きょうあく》事件を扱うのだということは、私も知っていた。とすれば、その種の事件に玲子が関係していたということか。

「一杯、やりますか？」

「自分は、勤務中でありまして」

「私は、酒を飲みながら、よく絵を描きますよ」

「画家の先生と、刑事は違います」

大木が、にやりと笑った。なぜ笑ったのか、私には見当がつかなかった。

註文《ちゅうもん》を取りにきたボーイを、手を振って追い返す。横柄さと折目正しさを、合わせ持った男のようだ。

「内田悦子と、どういう関係でいらっしゃったんですか？」

「話す必要はない、と言ったろう」

「肉体関係？」

「君と奥さんの関係は？」

「えっ」

「肉体関係だけかね？」

「内田悦子とは、結婚しておられんでしょう」

「だから？」

「不倫ってやつだ」

「君はゴシップ屋かね。刑事かね？」

「自分は、刑事ですよ」

また大木が笑った。

次第に、不愉快さが募ってきた。私はドライ・マティニーを飲み干し、腰をあげた。大木は、座ったまま私を見あげている。

「失礼するよ」

「自分は、絵なんかを描いて金を儲《もう》けている人が嫌いでしてね」

「私も、税金で給料を貰《もら》いながら、人に不快な思いしかさせない人間は、嫌いだね」

「昔、機動隊にいたころは、よく税金泥棒と罵《ののし》られたものですよ。そういう連中は、大抵警棒で叩《たた》き潰《つぶ》してやりましたがね」

「私の頭を、叩き潰してみたまえ」

「いずれね。これから、どちらへ?」

「レストランさ。食事をする」

「じゃ、私も御一緒に」

大木が腰をあげた。

レストランの入口で、私は踵《きびす》を返した。

「やめたよ。君の顔を見て食事などしたくない。ルームサービスで我慢することにした」

「じゃ、お部屋の方へお邪魔できますか?」

「断るね」

私を挑発して、怒らせようとしているのではないか。そんな気がした。いかにも刑事という人種の使いそうな手だ。

「自分と、しばらく話をされた方がいい、と思いますがね」

「不愉快なことを、好んでやる癖はない。帰りたまえ」

「後悔しますよ」

「脅迫のような口ぶりだね」

「とんでもない。自分は注意してあげているだけでして」

「宇野という弁護士がいる。この近くだよ。彼のところへ行こうか。一応、この街での私の弁護士ということになっているし」

「弁護士か」

大木が頭を掻《か》いた。

「金持ちというのは、いつでもそうやって弁護士を出すからな。貧乏人の犯罪者は、そんなわけにはいかんですよ」

「私は、犯罪者かね？」

「内田悦子を隠すようだと、そういうことになります」

「玲子は、内田悦子は犯罪者なのか？」

「いずれ、はっきりしますよ」

「はっきりするまで、犯罪者ではないんだろう。言葉に気をつけたまえ」

私は、大木を無視して歩きはじめた。

大木は付いてきた。エレベーターの扉を閉めようとしても、強引に乗りこんでくる。

「自分は、東京から内田悦子を追ってきたんです。この街に着いたのが、午前中でした。いろいろ調べて、やっぱり遠山先生に行き着いたんですがね。同僚は、まだ調べ回っておりますよ」

私は返事をしなかった。

エレベーターを降り、部屋の前に立っても、まだ大木は諦《あきら》めようとしなかった。

「先生。内田悦子は、そろそろ指名手配されるころなんですがね」

殺人であろうが強盗であろうが、指名手配されても驚きはしない。もう、私は深く関《かかわ》りすぎている。それにしても、不愉快すぎる男だった。きれいに分けて櫛《くし》を入れた髪が、不気味なものに思えてくるほどだ。

私はキーを差し、ドアを開けた。

大木は、ドアの間に靴を突っこんできた。

「警察を呼ぼうか？」

「なんだと？」

「ここは私の部屋だ。私の許可なく足を踏み入れると、犯罪になるんじゃないのかね」

「自分を、警察に逮捕させるというんですか。お笑い草だな」

「笑えるなら、笑ってみたまえ。すぐに電話をしてもいいんだ」

それでも、大木は靴をひっこめなかった。執拗《しつよう》さが異常だった。

「この部屋に玲子がいると思うなら、捜索令状をとってきたまえ」

「絵を描いてる先生にはわからんでしょうが、人が殺されるというのは大変なことでね。自分たちは、捜査が合法だなんだと言っておられんですよ」

「違法な捜査をやるというように聞えるが」

「それが必要な時は」

私は、もう大木を相手にしなかった。

靴を半分突っこませたままにして、椅子《いす》に腰を降ろし、テレビをかけた。音声を少し大きくする。

「自分は、『レナ』をやってる秋山の妻が、浮気するような女にゃ見えんかったです」

ドアの隙間《すきま》から、大木の声が入ってくる。入ってくるのは、声だけだった。

「内田悦子は、殺されますよ。放《ほ》っときゃ、すぐにでも殺される。だから、自分が逮捕してやった方がいいんです。いいですか、先生。あんたの細腕で、逃がしきれるわけはないんだ。自分に任せた方がいい」

私は眼《め》を閉じた。

玲子がなにをやったか、考えもしなかった。どうでもいいことだ、という気がする。川中や宇野と同じような心境に、私もなっているのかもしれない。

心境は同じでも、その理由は違う。彼らに理由があるように、私にも私自身の理由がある。

「先生。警察を馬鹿にせん方がいい。ちゃんとした人間なら、警察に全部任せるもんですよ」

大木の声が、テレビの音声と同じものになっていた。ひとしきり大木の声が続き、ようやくドアが閉じられた。

私は、『ブラディ・ドール』の番号を回した。

川中は来ていた。シェイクしたマティニーをやっている時間だ。

「どうだった？」

「いますね、ビーチハウスに。どんなふうにしてるのかわからないが、船の上から一度だけ姿を確認してます。もっとも若い女がひとりという確認の仕方だが、間違いはないでしょう。一番突端の赤い屋根の家です」

「それで？」

「放《ほう》っておきます。いまのところ、さし迫った危険はない。いずれ、彼女の方から連絡してくるような気がするんですよ。でなければ、この街へ来た意味はない」

「放っておくのか？」

「いまは、なぜこうなっているのか、ということを調べるのがさきです。たとえ助け出したとしても、事情がわからなければどうしようもない」

「わかった」

「待ってますね、先生？」

確かめるような口調だった。

「いま、刑事が来ていたよ。警視庁だ」

「ほう」

「玲子を捜しているのは、例の連中だけではなくなった」

「そうですね。頭に入れておきましょう」

それ以上、川中はなにも言わなかった。

私は電話を置くと、ベッドに横たわった。きのうから眠っていないが、まどろみもしなかった。頭が冴《さ》えている。

玲子は、岬のビーチハウスにいるのだ。それがわかっていても、じっとしていなければならないのか。

考え続けていた。

14 老人

従業員の出入口があった。

一度ホテルの中を隅々まで歩き回って、見つけたのはそれだけだった。

紺のシャツに紺のズボンを穿《は》いた。私が持ってきているもので、一番濃い色のものがそれだった。

顔は靴墨を塗る。戦争映画で観《み》たそんなことまで考えたが、かえって目立ってしまうだろう。靴は、バリーのやわらかいものを履いた。白いデッキシューズだが、それが一番動きやすい。

部屋を出ようとして、ふと気になった。大木は諦めて、どこかへ消えてしまったのか。もしいるとすれば、どこで張っているのか。

従業員の出入口は、考えようによっては危険だった。

部屋を出、エレベーターに乗った。

ロビーへ降りる。そのまま、私は歩いて玄関から出た。

街の通り。まだ人の姿は消えていない。尾行《つけ》られているのか。ふりむかず、それを感じようとしたが、駄目だった。ふりむいても、見つけられはしないだろう。誰であろうと、尾行てくるとしたら、私より巧みに違いない。

靴屋。まだ開いていた。九時半を回ったところだ。

入って、手ごろな靴を二つ選んだ。サイズを合わせてみる。それから、夏の売れ残りのサンダルのようなものも、ひとつ買った。

箱が三つで、かなり大きな荷物になった。

それを両手にぶらさげて、ホテルへ戻った。

エレベーターに乗る。扉が閉まる間際に、ロビーに眼をやってみたが、尾行ている人間の姿は確認できなかった。

二階。扉が開いた。私の部屋は六階だ。六階のボタンを押し、飛び出した。昇っていったのは、靴の箱だけだ。

そのまま、階段を駈《か》け降りた。

従業員出口にむかう。ドア。簡単に開いた。ホテルの裏手で、従業員用の小さな駐車場があり、そのむこうが裏通りだった。

走った。裏通りを十メートルほど行き、路地に飛びこんだ。ちょっと走っただけで、ひどく息が弾んでいた。

暗い路地で、五分ほどじっとしていた。誰も、追ってきはしない。それをしっかり確かめてから、路地を歩いた。方向としては、海の方にむかったが、途中でわからなくなった。

ちょっと明るい通り。人の姿はあまりない。建物の蔭《かげ》で、タクシーが来るのを待った。十分。それぐらい待っただろうか。ようやく、赤いランプをつけた空車がやってきた。

「ヨットハーバー」

「はいよ」

運転手は陽気そうで、私の切迫した口調が、妙に滑稽《こっけい》なものに感じられるほどだった。

「新しい方じゃない。古いとこだ」

「えっ、『ホテル・キーラーゴ』のとこじゃなくて？」

「あそこの爺《じい》さんに、ちょっとばかり用事があってね」

「ああ、あの変り者《もん》ね」

「知ってるのかね？」

「口利いたことないけどね。てめえで漁やって、のんびり暮してる。家族が戻れって言っても、戻らねえらしいや」

「ほう」

「あそこにいたって、金にもならねえのにな。持主は、廃船の金も惜しんで、そのまま放り出してんだから」

「なぜ、家族のとこへ戻ろうとしないのかな？」

「そりゃ知らねえが、だから変り者《もん》なのさ」

「そう言われれば、そうだ」

「お客さん、あそこに船を置こうなんて思わないことだね。東京の人は、あっちがすいてるからって考えかねない」

「東京に見えるかね、私は？」

「なんとなく、そんな感じさ」

海沿いの道に入っていた。

のんびりと走っていく。急げ、とは言わなかった。それより、後ろを注意していた。ヘッドライト。迫ってくる。そのまま抜いていった。乗っているのは、若い連中のようだった。

その後ろに、車は二台いた。こちらと同じように、のんびり走っているタクシーだ。尾行《つけ》ているのかどうか、よくわからなかった。尾行られているとしたら、今夜のことは諦めるしかないだろう。

ホテルとヨットハーバーの明りが見えてきた。ホテルの裏手には、リゾートマンションや建売別荘があるらしい。

ホテルの前を通りすぎた。道が、ずっと暗くなった。街灯など、この先はなくなってしまうのだ。

後ろの二台のタクシーは、ホテル・キーラーゴへ入っていった。

付いてくる車はいない。

もしかすると無灯火でと思ったが、その心配もないようだ。

「忘れものでも、お客さん？」

「いや、ずいぶん暗いところだなと思ってね」

「暗いのがこわいのは、こっちですよ。お客さん、強盗なんかじゃないだろうね」

言って、運転手はおかしくてたまらないというように、笑い声をあげた。

「この道も、夏は混むんだけどね」

「冬も、暖かい土地だという話だが」

「それでも、わざわざ冬の海に来る人なんていないさ。夏だって、水着で乗ってきたりする女がいたりしてね。塩で、シートがベタついちまうよ。俺は、この街の人間相手に、のんびり商売してた方がいいね」

運転手がいくつぐらいなのか、後ろ姿だけではよくわからなかった。

私は眼を閉じた。喋《しゃべ》り続けていたい、という気は起きてこない。運転手も、ラジオをかけて、それに耳を傾けはじめたようだ。

あまり深くは考えなかった。どうせ、なるようにしかなりはしない。

ウインドをちょっと降ろした。潮の香が風と一緒に流れこんでくる。

「中に入るかね、お客さん？」

「門が開いてればね」

「あそこの門は、いつでも開いてるよ。ぶっ毀《こわ》れちまってんだ。もっとも、盗まれるものなんて、なにもないんだろうけど」

ヨットハーバーが近づいているようだった。前方に、建物の明りらしいものは見えない。距離から見当をつけただけだ。

闇《やみ》の中に、ぼんやりと建物が見えた。

「事務所の前までだね」

門。入口の電柱についている街灯が、唯一の明りだった。

ヘッドライトが、ドラム缶や錆《さび》の出た揚陸機《ようりくき》を照らし出す。

建物の窓に、ひとつだけ小さな明りがあった。私は、運転手に五千円札を一枚渡した。わずかばかりの釣りは、受け取らなかった。どうも、と運転手が大声で言う。そのまま、バックで門の外に出ていった。

「なんか用かね、こんなとこに」

老人の声だった。

建物の中にいるとばかり思ったが、私のすぐ後ろに立っていた。闇から脱《ぬ》け出してきたという感じだ。

「この間は、どうも」

「あんたか」

闇を透すようにして私を見、老人が言った。

「憶《おぼ》えててくれたかい」

「滅多に人は来ねえんだ。そりゃ、憶えちゃいるがね」

「頼みがあって来た」

「ほう」

「中に入ってもいいかね？」

「そうさな。盗《と》られるものといや、命ぐらいしかねえし」

老人が、建物にむかって歩きはじめた。ゴム長靴が、かすかな音をたてる。

六畳ほどの、狭い事務所だった。デスクが二つ。布の破れかかったソファ。あるのはそんなものくらいだ。壁には、潮位表と附近の海図らしいものが貼《は》ってある。

「頼みってのは？」

老人は、いつもそこが座る場所なのか、窓際にポツリと置いてある椅子に腰を降ろした。そこからなら、ヨットハーバー全体が見渡せそうだ。

「船を、貸してくれないかね？」

「船だと？」

「釣りをしたいんだがね。明日は日曜で、どこにも船がなくてね」

「うちにも、ねえさ」

「あんたが釣りをする船が、あるんじゃないのかい？」

「ありゃ、俺のだ」

「それを貸してくれと頼んでるのさ。金は払うよ」

「金が欲しくて、ボートを持ってんじゃねえや。ほか当たってみな」

「ここで、どうしても借りたい」

私は、布の破れたソファに腰を降ろした。粘るしかなさそうだ。葉巻を出し、カッターで吸口を切った。火をつける。

「それは？」

「葉巻だよ」

「ハバナ産さ」

「わかってる。馬鹿にすんじゃねえぞ。どこの産かって訊《き》いてんだ」

「なんだと。ほんとにハバナ産か？」

老人が立ちあがった。私は、火のついた葉巻を、老人に差し出した。

「間違《まちげ》えねえ。ハバナって書いてあるようだ」

眼鏡を、胸のポケットから出してかけた。古い老眼鏡で、フレームは緑青が吹き出したように緑色になっていた。

「これだけかい？」

「ほかにもある。ダビドフ、モンテクリスト、ロメオ・アンド・ジュリエット、ディプロマティコス。この旅行に持ってきているのは、それぐらいかな」

「何本ある？」

旅行用のシガーボックスには、三十本ほど入っているはずだ。そこから、毎日三本ずつシガーホルダーに移す。

「やるかね？」

私は、火のついていないモンテクリストを差し出した。老人は、馴《な》れた仕草でそれを鼻の下に当てて、香りを嗅《か》いだ。

「ハバナ産が好きとは、意外だったよ」

「こいつを見せびらかす野郎がいてな。秋山のとこのクルーザーの艇長をしてる、土崎ってやつさ。ジャマイカ産というのは、俺にくれたことがある。だけど、ハバナ産は、見せびらかすだけだ」

「土崎ね」

「知ってるのか？」

「名前だけは」

岬のビーチハウスで、玲子の姿を確認したというのは、多分土崎という男のはずだ。

「野郎、フロリダ帰りでな。時々、ここにも船を入れて、俺と喋っていくよ。ラムとかいう酒を、飲まして貰ったこともある」

「ほう」

「俺が、いつもいいポイントを教えてやるからな。それだけじゃなく、なんとなく馬が合うってこともある」

「土崎に、ハバナ産をプレゼントでもしたいのかね？」

「何本あるか、訊いただろう？」

「二、三十本かな。東京の自宅には、五百本ほど保存してあるよ。パリへ行った時、ビクトル・ユーゴ通りのブティック22という店で買ってくるのさ」

「二、三十本は、いま持ってんだな？」

「ホテルの部屋だよ」

「十本でいい。俺に譲らねえか。土崎の野郎に見せびらかしてやる」

「差しあげてもいい」

「ほんとか？」

老人が、黄色い歯をむき出して笑った。渡したモンテクリストはくわえようとせず、大事そうにデスクの抽出《ひきだし》に収《しま》った。

「わかった。俺がポイントへ連れていってやろうじゃねえか。明日の朝、何時だ」

「ひとりで、行きたいんだ。それも、明日ではなく、いますぐ」

「なんだと」

老人が、私の顔を見つめてきた。私は、葉巻の煙を吐いた。ここが、肚《はら》の据えどころだ。

「釣りじゃねえな。なんに使おうってんだ？」

「確かに、釣りじゃない。釣りはしたこともない。ただ、船を借りたかった」

「なんに使おうってんだ？」

「女に、会いにいくのさ」

「女？」

「詳しい事情は説明できないが、岬のところまで行きたい。それも船で」

「ふうん」

老人が、また椅子に戻った。

「金は、言い値でいい」

「貸せねえよ。金なんか欲しくねえ。だけど、女とはな。いくつなんだ？」

「二十四。もうすぐ五だよ」

「娘の歳《とし》だな」

「恋人だ、私の」

「ほう」

「会いにいってやらなくちゃならん」

「よっぽどの事情があるようだね」

「なんとしても、借りたいんだ」

老人の眼に、ふっと精気がよぎった。それはすぐに、穏やかな色に戻った。

「いくつだ、おまえ？」

「五十八」

「六十まで二つか。ガキみてえなことをぬかすじゃねえか」

「いまは、年齢は関係ない。私は、子供になっているのかもしれない。それならそれでいい、と思っているよ」

「俺のはボートだ。夜の海を岬まで行くたあ、命がけだぞ」

「死ねば、そこまでの命なんだろう」

「ふうん」

老人は、腕組みをして、もう一度私に眼をくれた。老人の眼が、再び精気を宿している。

「詳しく聞くと、こういうことは大抵つまらねえ話だ。だから、ひとつだけ訊くことにする。おまえ、女に会ってなにやる気だ。抱くのか？」

「いや」

「簡単には会えねえ相手だから、俺に頼みにきてんだろうが。そんな時、男は燃えて抱くもんだぜ」

「そんな歳じゃないさ」

私は笑って、葉巻の煙を吐いた。

「ただ、その女に会って、言いたいんだ」

「なにを？」

「私がいると。おまえには私がいると、それだけを言っておきたい」

「わかった」

老人が、黄色い歯を出して笑った。

「貸してくれるのか？」

「いや。岬まで、素人が行くってのは、無理だ。俺が連れていこう」

「あんたが？」

「ここじゃ、もう面白《おもし》れえこたあねえのかと思ってた。安心したぜ。人間は生きてりゃ、面白れえことにぶつかるもんだ」

「礼はするよ」

「葉巻十本だ。ハバナ産が十本。さっき貰った一本は、勘定にゃ入らねえぞ」

「ホテルの部屋に置いてある。名刺に添え書きをするよ」

「なんで？」

「私が帰れなかった時も、あんたに渡るように」

「おまえが戻らねえ時は、仕事が失敗した時だ。礼はいらねえ。ところで、おまえの仕事はなんだ？」

「絵描《えか》きだよ」

「画家の先生か」

老人が、また笑った。

15　登攀《とうはん》

闇が深かった。

陸地の明りが見えなければ、ほとんど闇とさえ思えないくらいだ。うねりがあった。船外機のついた小さなボートは、持ちあげられては、闇の底に落ちていく。頭から、血が引いていくようだった。

すぐに、気分が悪くなった。

「面目ないな。大きなことを言いながら」

海の中に、胃の中のものを吐き出して、私は言った。

「気持を萎《な》えさせねえことだ。酔う時は、誰でも酔う。岬の鼻まで、これじゃ一時間半ちょっとはかかるんだぜ」

「大丈夫だよ」

飛沫《しぶき》が全身を濡《ぬ》らしている。船底が海面を打って、躰《からだ》が飛びあがりそうになる。

老人は、うまく波と船の方向を合わせているようだ。私には波さえも見えないが、長年の経験が、老人になにか教えるのかもしれない。ボートが、大きく安定を崩すことはなかった。

「この海は、俺の海だった」

老人が言った。私たちは、腰を擦（こす）り合わせるようにして、ボートの最後尾に腰を降ろしていた。老人の声は、耳もとで発せられてくる。

「川中の旦那《だんな》が、いくら操船がうまくて海が好きでも、この海を自分のものにしちゃいなかった。ところが、ここへやってきてすぐに、海を自分のものにしちまった男がいる。土崎の野郎さ。やつは、俺に一目置いちゃいる。それでも、腕のいい船乗りさ。俺は、この海をてめえのものにしておく時期は、終ったんだと思ったね。時代は変るんだってな」

「土崎という人は、そんなにいい腕かい?」

「フロリダで、釣船をやってやがったのよ。それをひけらかすこともしねえが。毎日、このあたりを走り回ってよ。いまじゃ、海底の状態まで一番知ってる男だろう」

大きな波に乗り、船底が海面に叩《たた》きつけられた。私は、船べりを両手でしっかり摑《つか》んでいた。気分は、悪くなる一方だ。喋っていた方が、いささかましなようだった。

「土崎に、もう譲ってもいい。嫌な男じゃねえしな。だけど、一度こういうことをやりたかったのよ。俺だからできたってことを。それに、ハバナ産の葉巻ときてる」

「人は、そんなふうにして、認め合うんだと思う」

「画家の先生よ。闇夜の絵は描けねえだろう。俺《おり》ゃ、この海が見えるんだぜ。眼で見るんじゃなくよ」

「そのようだね」

「はっきり言って、今夜みてえに荒れた夜、プロだったら絶対に船を出さねえよ。それを俺は出せる。ここまで来ると、技術なんかじゃねえよ。てめえがてめえを賭《か》けられるってことよ。だから、おまえにゃいい迷惑のはずなんだ。他人の賭けに乗ってんだからよ」

「私には、私の賭けがある」

「そうだよな。だから、俺たちゃこうやってボートを出してる。めぐり合わせってやつだろう」

多少、揺れがゆるやかになった。代りに、ボートは横に引っ張られるようなおかしな動きをしている。

「潮の流れだ。ここを乗り切りゃ、岬まですぐさ」

船外機が、頼りない音をあげている。老人は、しっかりと舵棒《かじぼう》を両手で押さえているようだ。私は濡れた顔を拭《ぬぐ》った。飛沫《しぶき》が、いくらか穏やかになっている。潮流を乗り切るのに、十分近くかかったような気がした。やはり、私ひとりでは不可能だっただろう。

また飛沫が激しくなった。降ってくるというより、顔に打ちつけられてくる。また、胃の中のものを私は吐いた。気持は萎えていない。

「もうすぐだ」

老人が言った。走っているのは、かなり沖合いだろう。陸地の明りが、遠く小さく見える。

十分ほど走っただろうか。

波が、不意に静かになった。相変らず揺れてはいるが、上下の大きな動きがない。

「岬のかげに入った」

老人が言った。前方に、巨大な動物の背のように、陸地が横たわっていた。光は、どこにも見えない。

「ボートをつけられる浜が、一か所ある。あとは、全部岩だ。その浜からは、岩を登っていかなくちゃならねえぜ。登ったことはねえが、かなり切り立ってたような気がするな」

「わかった」

「ヘルメットがあるだろう。そこの箱だ。懐中電灯が取り付けてある。それを被《かぶ》ってりゃ、顔をむけた方に、光も当たる」

「助かるよ」

「岩から落ちりゃ、死ぬぜ、多分。戻ってから、礼は言いなよ」

動物の背が近づいてきた。それはもう動物とも見えない、巨大な影になってきた。

「俺は、五時までここで待ってる。五時までだ。それまでに戻らなかったら、死んだと思うぜ」

「五時だな」

「まだ、午前三時だ。二時間ある」

頷《うなず》いたが、老人には見えなかっただろう。ボートの底が砂を噛《か》んだ。

「着ていきな。半袖《はんそで》じゃ駄目だ」

ヤッケを投げてよこした。私は、ボートの先端から海水の中に飛び降り、浜にあがって
ヤッケを着こんだ。分厚い綿が入っている。

浜は、大して広くなかった。すぐに切り立った岩になっている。ヘルメットの電灯をつけ、足がかかりそうな場所を捜した。

全体は見通せない。登れるところから、登るしかなさそうだった。高ささえも、どれほどあるのか、見当はつかなかった。

胸のあたりの高さに、小さな出っ張りを見つけた。なんとか、そこへ這《は》いあがった。闇

を手で探る。出っ張りや穴。思うところにはないものだった。三十センチ。二十センチ。

私は、躰を上へ持ちあげるたびに、そう呟《つぶや》いた。三十センチを何度登り、二十センチを何度這ったか、覚えてはいない。足の下の闇が、底なしの穴のように、深くなっていくだけだ。

息が切れた。掌《てのひら》も痛かった。腕時計に電灯を当てた。ほんの十分というところだ。

這うようにして、躰を押しあげる。ヤッケの胸のあたりが岩を擦《こす》る音が、波の音と入り混じる。手で頭上を探ると、砂の粒がパラパラと落ちてくる。

腕や肩に、力が入らなくなってきた。まだ、足は大丈夫なようだ。バリーの、柔らかい革の靴に感謝した。柔らかいが、底はしっかりしている。もともと、スイスの登山靴のメーカーだ。

頭の中から、いろんな考えを追い払った。玲子に会って、なんと言えばいいのか。これからどうしてやればいいのか。川中は、どこまで玲子を助けようとしているのか。そんなことのすべてを、頭から追い払う。

いまは、この岩壁が私のすべてだった。賭け。それを、すでに選んでしまっている。

掌の感触が、なくなってきた。汗が、眼に流れ落ちてくる。低い声をあげながら、私は躰をずりあげていった。力はある。あるはずだ。呼吸が苦しかろうが、躰のどこかが痛かろうが、その気になって力が出せないはずはない。

声が、少しずつ大きくなった。ほとんど、呻《うめ》きに近い。

右足のさきが、穴から滑った。全身が滑り落ちはじめる。掌が岩肌を擦る。止めきれなかった。落ちる速度が、少しずつ速くなる。

ここまで来て、絶望に似たものが、私の気持を覆いかけた。止まった。岩の出っ張りに、足がかかっている。

汗を、ヤッケの袖で拭った。ひと呼吸も入れず、這い登る。電灯の当たった岩肌が、まるで別のもののように見えた。

汗。掌の血。ふっと頭から血が引き、全身の力が抜けそうになる。

くそっ。声にはならなかった。熱い息が、口から洩《も》れていっただけだ。

また、躰がずり落ちた。すぐに、出っ張りに摑まることができた。爪《つま》さきで、足をかけられる場所を探る。

這い登る。汗も血も、痛みも苦しさも、もう感じはしなかった。息を止め、全身の力で躰をずりあげる。それをくり返す。どこまでも、頂上は来ない。それでもよかった。こうやって躰をずりあげることが、いま私が生きているということだ。

手がかりがなくなった。どう闇を探っても、指さきのかかる出っ張りや穴がない。爪さきでも、探った。かすかなくぼみ。左足だけはかけられる。

電灯を上にむけた。五十センチ。あと五十センチで手が届く、大きな出っ張りがある。

右足を、くぼみにかけた。徐々に、躰をずりあげる。足が滑った。ほとんど、左脚一本で躰を支えているようなものだ。真下に落ちれば、岩の出っ張りで止まるが、安定を崩して横に落ちれば、それきりだろう。

もう一度、試した。上に、手をのばす。あがった。出っ張りに、手が届きそうになった。あとひと息。のびあがる。そのとたんに、安定が崩れた。落ちた。出っ張りのところで止まったことを確認して、私は眼を閉じた。脇腹を、したたかに打っていた。息をするのも苦しい。

立て。自分に言い聞かせた。どうせここで滅びるなら、立ったまま滅びよ。躰をのばした。出っ張りに足を踏ん張る。

左足の小さなくぼみ。右へ安定を崩して落ちたので、心持ち左へ重心をかけた。手をのばす。頭上の出っ張りに触れる。あと少し、あと少し躰がのびれば。息を吸った。顔を岩に押しつけた。かすかなくぼみが、右手の指さきにひっかかった。それで、いくらか楽になった。安定を崩す心配が少なくなった。左足をさらに突っ張った。右足は、何度も岩を擦っている。渾身《こんしん》の力をふりしぼった。右手が、さらに上にいった。かかった。しっかりと、指さきが出っ張りにかかった。しかし、躰はのびきっている。右腕一本だった。肚の底から、声が出た。徐々に、躰がずりあがっていく。左手。かかった。両手で、躰を引きあげていく。肘《ひじ》がかかった。

ようやく、出っ張りに立った。頭上に手をのばす。岩ではないものが触れた。木。確かにそうだ。

ようやく摑めるほどの幹を摑んだ。傾斜が、いくらか緩やかになっている。登った。木が多くなり、下生えの草も、ところどころ現われてきた。平らな場所。砂と草の入り混じった、平らな場所。

手と足の力を抜いても、躰は動かない。落ちていかない。

登り切っていた。風を感じた。下から吹きあげてくるような風だ。

玲子。はじめて、思い浮かべた。俺は、ここまで来た。おまえにひと言話すために、ここまで来た。

生きている。心の底から、そう思った。叫びたいほどの、衝動だった。

16　夢

岬の鼻。

強い風だ。先端にある、一番傷んだ家。

闇の中では、どれか見当もつかなかった。赤い屋根と岬の一番先端に近い場所。それを目当てにするしかなかった。

とにかく、岬の鼻にむかって歩いた。

家が、ポツポツと雑木林の中にうずくまっている。街灯などはなかった。人がいる気配も、まったくない。

私が這いあがったのは、岬の鼻からかなり陸地に寄ったあたりだったようだ。

道が跡切《とぎ》れた。

雑木林の中に、一軒あった。玄関まで、小道が続いているようだ。

ヘルメットの電灯を、家に当てた。廃屋。そうとしか思えなかった。屋根の色を、確認した。赤っぽい瓦《かわら》だ。

人の気配を、感じとろうとした。

波と風の音。樹木のそよぎ。

「玲子」

声を出した。風に吹き消されそうだった。

「玲子、私だ。いるなら、返事をしろ」

風が鳴った。

もう一度、大声を出した。

かすかに、伝わってくる気配がある。

ぼっと、家の中に明りが灯《とも》った。

「先生？」

聞えたような気がした。

「先生なのね？」

確かに聞えた。私は大きな声で返事をした。しばらくして、ドアのあたりが明るくなり、錠をはずすような音がした。

ドアが開いたとたん、中の明りが消えた。ヘルメットの電灯が、玲子の姿を照らし出している。蠟燭《ろうそく》を握って、玲子は立っていた。

「ほんとに、先生？」

「ああ、そうだ。私ひとりだよ」

ドアの内側に入った。玲子が、マッチを擦って蠟燭に火をつける。

奥へ入っていった。

小さな部屋。そこだけ、埃《ほこり》の匂《にお》いがあまり感じられない。かすかに揺れる蠟燭の明りが、椅子とテーブルと、二つの紙袋を照らし出した。

「十三日から、ここにいたのか？」

かすかに玲子が頷く。ジーンズにTシャツで、髪は後ろでひとつにまとめていた。

「言いたいことがあって、来たんだ」

「ごめんなさい」

「なにが？」

「あたしのせいで、怪我《けが》をさせてしまって」

「よせ」

私は、ヘルメットとヤッケを脱いだ。私の異様な姿に、玲子ははじめて気づいたようだった。小さな声をあげる。

「事情を、無理に訊こうとは思わん。ただ、ひとつだけ、言っておかなければならないんだ」

「はい」

「私がいる」

息をついた。全身から、力が抜けていきそうだった。

「おまえには、私がいる。それだけを、伝えておきたかった」

「先生が？」

玲子の声が、かすれている。

「おまえには、私がいるんだ。どれほど助けてやれるかは、わからない。私の命の分だけ、それだけ、私はおまえを助けられる」

「どういうこと？」

「わからないかね？」

「だって」

「おまえのために、そうするのだとは思わなくていい。私が、私のためにやることさ。人生で失いつつあった、なにかを取り戻したい。そのためにやることだ」

風が鳴っていた。

立ち尽したままであることに気づいて、私は椅子に腰を降ろした。

紙袋の中身は、食料のようだった。二晩目の夜を、玲子はここで過そうとしていた。

「ここへ来たことは、誰も知らんよ。おまえがここだということは、川中さんはもう摑んでいてね。どこかで、見張っていると思う。だから、道を通っては来れなかった」

のどが渇いていた。

紙袋の中を探っていると、玲子はもう一本の蠟燭に火をつけた。それで、多少明るくなった。生温《なまぬる》いコカコーラを、のどに流しこむ。

「まさか、海から？」

「そうだ」

「だって、崖《がけ》が」

「歳甲斐《としがい》もないことをしたよ。自分の体力を考えた方がよかったかな」

「そんな」

「すぐに、戻らなくちゃならん。岩を這い登ってくるのに、思わぬ時間がかかったんでね。

下の浜のところで、爺さんが待っている。五時に戻ると言ってあるんだ」

「危ないわ」

「登ってきたんだ。降りられないことはないさ」

私が笑うと、玲子は激しく首を振った。

言いたいことを、伝えた。玲子が、どう思おうと、私はそれでよかった。

涙など、見たくはない。甘い囁《ささや》きや、躰が痺《しび》れるような抱擁も、いまの私の気持にはそぐわない。伝えることを伝えれば、立ち去るだけのことだ。

「行くよ」

「やめて」

「なにを？」

「崖なんか、降りたりしないで」

「そうすることを選んだ。馬鹿げたことかもしれないが、私はそれでいいんだ」

玲子の手が、私の胸にのびてきた。剝《は》げかかったマニキュアが、シャツを摑む。

「あたし、先生と一緒に行きます」

「馬鹿を言うんじゃない。崖を降りなきゃならないんだぞ」

「だから、ちゃんとした道を通って。あたしがここにいるから、先生は危ない思いをしてきたんでしょう」

「おまえがここにいる。それが自分の意思でやったことで、私が来たことによってその意思を曲げさせるのなら、私としてはありがたいことじゃない。おまえは、おまえでいて欲しいんだ」

「でも」

「いま、私はおまえの夢の中に現われた。そう思うことだ。夢に現われて、言いたいことを伝えた。それがおまえの頭に残っていればいい」

玲子の手が、私の胸を押した。いや、玲子の躰そのものが、私の胸に雪崩《なだ》れこんでいた。

「よしなさい」

「夢じゃない。夢だなんて思えない。先生は、ここにいるわ」

「夢さ」

玲子の躰を、押し戻そうとした。その手を玲子が摑む。

「怪我してる。ひどい怪我」

「岩と喧嘩《けんか》すれば、負けちまう。いや、勝ったのかな。これぐらいの怪我で済んだんだ」

「一緒に行きます」

「駄目だ。おまえを助けようとしている、川中さんにも迷惑をかけかねん。おまえが最初に選んだ道を、守り通すんだね」

「あたしがここに来たの、先生にこれ以上怪我をさせられないと思ったから。だから、ここで時機を待とうと思ったの。それが、そんな危ないことをしちゃ」

「いいんだ」

玲子の掌の中から、私は自分の手を引き抜いた。

「殴られた時は、私はただ成行で踏ん張っただけだった。いまは、私は自分のために、自分の意思で動いている」

「いや」

「邪魔はさせないさ」

「えっ」

「私がやろうとしていることは、おまえにも邪魔はさせない。わかるか？」

「なぜ、そんな？」

「言いたくないがね。私が男だからだ」

「馬鹿よ、そんな」

私は、床に放り出したヤッケを拾い、着こんだ。ヤッケの胸のあたりが、岩に擦れて綿がむき出しになっている。

「ここにいろ。おまえは、はじめに考えた通りのことをやるんだ。いいね、これは私との約束だ」

「先生、なにも事情を知らないのに」

「知る必要もない」

また私の胸に雪崩れこみそうになった玲子の躰を、私は押し返した。

「ヘルメットを取ってくれないか」

「いや」

「ヘルメットだ、玲子。拾いなさい」

「自分で拾えばいい。そして、危ないことをして、もっと怪我をすればいい」

私は、腰を屈《かが》めて、ヘルメットを拾おうとした。それよりさきに、玲子が拾いあげる。

「ごめんなさい」

「いいんだよ」

私はヘルメットを玲子の手から取りあげ、懐中電灯のスイッチを入れてみた。多少、光は弱っているようだ。

「じゃ」

「行かないで」

「言ったことは、忘れるなよ」

「お願いだから、行かないで」

「夢は、もう終りだ。眼を醒《さ》ませよ」

私は玄関の方へ歩き、ドアに手をかけた。

外は風が吹いていた。玲子の掌の中の蠟燭が、すぐに消えた。

「愛してます。夢の中でも、眼を醒ましている時でも、あなたを愛しています」

背中に、その声を聞いた。

またくり返される。風の中で、跡切れ跡切れになった。

脇腹が痛い。大きく息をすると、痛みはひどくなった。膝《ひざ》も、掌も、肘も痛い。痛いということは、生きていることだ。

雑木林の、這い出してきた場所。闇の中でもすぐにわかった。一度、腕時計に光を当てた。四時三十分。登ってくるのに、どれほどの時間がかかったのだろうか。

考えるよりさきに、雑木林に踏みこんだ。傾斜がきつくなってくる。尻《しり》を着くようにして、私は降りていった。

崖っぷち。下から風が吹きあげている。懐しい場所に戻ってきたように、私には感じられた。

腹這いになった。少しずつ、躰を下にずらしていく。足が、最初の岩の出っ張りにかかった。すぐに、要領が呑《の》みこめた。安定を崩さないように、私は少しずつ躰をずり落としていった。

どこかで、落ちるかもしれない。しかし、降りていくしかない。気持は静かだった。恐怖もない。岩が、語りかけてきているような気がした。大丈夫だ。大丈夫だ。

登ってくる時と、どこか違った。明るくなっている。しばらくして、それに気づいた。下は見なかった。私に語りかけてくる岩にだけ、眼をやっていた。

17

ボートを砂から押し出して、先端に飛び乗った。ボートはゆっくりと後退し、むきを変えて進みはじめた。

「たまげたよ」

老人が言った。

「あそこを、這い登っていったんだぜ、おまえ」

「そうだね」

遠くから、崖を見つめようなどという気は、起きなかった。ちょっと電話をしに部屋の外に出た。それくらいのことだったのだ。

「おまえが登ると言った時、どれぐらいの崖かよく思い出せなかった。明るいところで見てたら、いくらなんでもよせと言ったぜ」

「もういいんだ。とにかく、私は行って戻ってきた」

「ああ。戻ってきたよ」

岬の鼻を回っても、大して波は荒くならなかった。凪《なぎ》の時刻に入ったのかもしれない。晴れだ。九月にはめずらしく、晴天が続いている。

「ヤッケ、駄目にしちまったようだ」

「おまえの代りに、擦り切れてくれたのさ」

「ほんとに、助かった。ヘルメットも」

「手、しばらく海水《みず》に漬けてな」

「ああ」

老人は、舵棒を脇《わき》に挟むと、脚の間の箱から釣りの道具を出した。仕掛けのさきに、キラキラ陽光を照り返す、擬餌《ルアー》が付いていた。

私は、両手を海水に漬けた。しみているのかどうか、よくわからなかった。海水は、想像したより暖かかった。

脇腹が、まだ痛み続けている。呼吸だけでなく、姿勢の変化もよくないようだ。ボートの揺れに、身を任せた。不思議に、気分は悪くならなかった。眼を閉じた。五十八になった男の夢。悪いものではない。

絵が、描けそうな気がしてきた。きれいで印象的なだけの絵ではない。私自身の心の拡《ひろ》がりを、キャンバスに表現できそうな気がする。取り戻しつつあった。かつて持っていて、すでに失ったと思っていたなにかが、私の内部で蘇《よみがえ》ろうとしている。

「そこに、新しい軍手がある。それをしてな。俺も、落ち着いちゃいなかったようだ。その軍手を、ヤッケやヘルメットと一緒に渡してやるつもりだったんだ」

言われた通り、私は海水で濡れた手に軍手をはめた。

老人は、片手で舵棒を握り、片手で仕掛けを流している。最初の一尾が食ったらしく、手早く糸を手繰《たぐ》った。あがったのは、五十センチほどの、青っぽい魚だった。魚の名を、私はよく知らなかった。ほとんど肉食で、時折魚を食べる時も、ソースの強いフランス風の料理でだった。

「シイラだ。まだ小せえ」

ボートの底のボックスに放りこむと、老人はまた仕掛けを流した。船外機の出力があがる。糸を手繰っている間、スピードを落としていたようだ。

「俺が、ただ遊んでると思うか？」

「さあ」

「釣りは、確かに好きだが、いまは愉《たの》しんでるわけじゃねえ」

二尾目があがった。鰹《かつお》だった。それは私にもわかった。すぐにまた、三尾目があがった。やはり鰹だ。ボートは、同じところをトロトロと回った。横揺れが来る。船べりを摑むと、掌にかすかな痛みがあった。

「おまえも、結構いい歳だ。世間にゃ理由ってやつがいる時があるのを、知ってるだろう。

ましで、真夜中にボートなんか出したんだ」

「わかったよ」

「つまんねえと思うかもしれねえが、転ばぬさきの杖《つえ》ってやつよ。おまえは、うまくやった。最後までしくじりたかねえ。そしてしくじらせねえのは、ここまでくれば俺の責任ってことになる」

「魚影が濃いところで、のんびりやって、大漁旗をあげて帰ろうじゃないか」

「そうさな。この時間が、釣りにはぴったりの時間でよ。水温もいいようだ。魚ってのは、波よりも水温よ。鏡みてえな海でも、冷てえ時は、眠ったように動きやがらねえ」

「舵、代ろうか?」

「そりゃ、ありがてえな。もっとも、ひとりに馴れちゃいるが」

「二人、乗ってるんだ」

老人に、船外機の扱いを教わった。簡単なものだった。老人が糸を手繰りはじめれば、スピードを落とす。大きな波が来た時は、舳先《へさき》をその波に直角にむける。注意していればいいのは、それくらいらしい。

鰹が、さらに二尾あがった。

「うめえぞ」

老人が黄色い歯を出して笑う。

「画家より、漁師がよかったぜ、おまえ」

清酒の瓶が二本あった。その一本を、老人が差し出してくる。直接口をつけて、のどに流しこんだ。

「これでよ、船酔いか酒の酔いか、わからなくなるだろうが」

「私は、もう酔わないような気がするよ」

空っぽの胃に、酒はしたたか効いてきた。それが快かった。

鰹ではなく、シイラでもない魚があがってきた。老人はそれを、無造作に箱に放りこむと、また仕掛けを放りこんだ。もう、魚の名も教えてくれなかった。

ボートの動きだけを、私は注意していた。また風が強くなり、波が大きくなった。それでも、私は酔いはしなかった。

「いいだろう、これくらいで」

老人が言った。仕掛けはもう引きあげられ、きれいに巻かれている。

私は、船外機を全開にした。波でバウンドして、底が海面を打つ。そのたびに、脇腹に衝撃が走った。それも快い。

N市の街並が、遠くに見えた。街並の背後には、かすんだ山がある。

貨物船と擦れ違った。かなり時間が経《た》ってから、貨物船のたてた波がやってきて、ボートを左右に揺らした。

「男ってのは、おかしなもんだよな、おい」

「そうだね」

「こんな歳になったって、俺は男だと思うと、嬉《うれ》しくなっちまう。夜の海にボート出して、岩を這い登って、考えてみりゃ大したことねえのに、やっぱり男だと思わなきゃ、できねえことだ」

老人が、最後部に並んで腰を降ろしてきた。私は、船を老人に任せた。

「俺も捨てたもんじゃねえ。人間ってのは、時々そう思わなきゃな。俺は、いまそう思ってるぜ」

老人は、喋り続けていた。私は相槌《あいづち》を打つだけで、ほとんど聞いてはいなかった。N市の街並が遠ざかり、ホテルと川中のヨットハーバーも通りすぎた。

「誰かいやがるぜ、おい」

ヨットハーバーが近づいている。老人は、私よりはるかに遠眼が利くようだ。私が人の姿を認めたのは、しばらく経ってからだった。

二人いるようだ。白い車を、桟橋のすぐそばまで乗り入れてきている。顔が見える距離になってきた。きれいに分け、櫛《くし》を通した髪。麻らしいベージュの皺《しわ》くちゃのスーツ。大木だ。もうひとりの若い長身の男は、多分ペアを組んでいる刑事なのだろう。刑事は、いつも二人ひと組で仕事をすると聞いたことがある。

ハーバーの中に入った。波がなくなり、ボートはほとんど揺れなくなった。スピードも落ちる。

「知ってる連中か？」

「東京から来た、刑事だよ」

「おまえを、逮捕《パク》ろうってのか？」

「いや」

「わかった。あそこの女だな。どうする気だよ？」

「なにも言わん。言う必要もない」

「わかった。追い返そうじゃねえか」

「それが、しつこい男でね。昨夜も、眼を盗んでここへ来たのさ」

桟橋のすぐそばで、老人はボートの方向を変え、後退して器用にロープを投げた。木製の繋船柱《けいせんちゅう》に、それは見事にひっかかった。

「魚をあげるぞ。みろ、すぐに役に立ったじゃねえか」

老人は、ボートをきっちり繋《つな》いでしまうと、私と二人で箱を持ちあげた。木の桟橋の階段に足をかける。

「おまえら、見てねえで手伝え」

老人が言った。二人は動かなかった。

魚のつまった箱は、結構重たかった。それを抱えながら、私は自分の服を点検した。ズボンと靴はひどい状態だったが、シャツは飛沫《しぶき》で濡れているだけだ。

「うまくやりやがったな」

大木が、私のそばに来て言った。

「どこへ行ってた？」

「海さ」

老人が箱を降ろそうとしなかったので、私は事務所まで立ち止まらずに歩いていった。

二人の刑事が、付いてくる。

「なんだね、おまえらは？」

「爺さんに用じゃない」

大木は、胸ポケットから、まるで通勤定期でも見せるように、手帳を出した。

「入口に、立入禁止って札が出てたの、見なかったか？」

「関係者以外はって書いてあった」

「おまえら、関係者か？」

「用事はある」

老人が、箱を開けた。魚は、ピンとしていて、まだ生きていた。

「先生、困るじゃないですか」

「なにが?」

「内田悦子に会ってたんじゃないのかね?」

「玲子だよ」

「会ってたんですね?」

「この魚が、そうだというならね」

「なぜ、無断で、ホテルを脱け出した?」

「君に断らなけりゃ、私は外出もできんのかね。拘束したいなら、逮捕状でもなんでも持ってくるといい。それ以外は、全部キドニーと喋ってくれ」

「キドニー?」

「宇野という名の弁護士だ。私の権利は、その男がすべて守ってくれるはずだよ」

大木が、ハイライトに火をつけた。

「煙草《たばこ》、喫《す》うんじゃねえ」

老人が言う。大木は、煙を吐くのをやめなかった。

「叩き出すぞ。煙草の煙で、イキのいい魚が台無しじゃねえか」

「そりゃ、悪かった」

大木が、若い刑事に煙草を渡した。少年のような男だ。事務所を飛び出し、火を消して吸殻だけ持ち帰ってきた。

「エレベーターに、靴があったそうだよ。ホテルじゃ誰のかわからんと言ってたが、先生のだよね」

やはり、私は見張られていたのだろう。それにしても、この場所がどうして大木にわかったのか。

「ここへ来たの、十一時前だったそうじゃないか。徹夜で、釣りかね？」

私は黙っていた。老人が、事務所の隅の流し台で、魚を捌《さば》きはじめた。出刃は、研ぎあげられていて、白く鈍い光を放っている。

「タクシーの運転手にあたったんだがね。間違いなく、先生を十一時ごろここへ届けている」

「陽《ひ》の出のころが、魚は一番くらいついてくる。それまでに、ポイントに行かなきゃならねえ。とすると、四時前にここを出るんだぜ。三時ごろ起き出して仕度するより、前の晩に仕度して、酒でも食らってた方が利口ってもんだ。客にゃ、俺《おれ》ゃいつもそうしてくれと頼んでるよ。寝坊して遅れられたんじゃ、こっちの仕度が台無しになる」

「酒ね」

「したたか飲んだ。まだ残ってるよ」

私は、大木に顔を近づけて、息を吐きかけた。大木が、露骨にいやな顔をして横をむいた。

「これから、俺たちゃあげた魚で宴会だ。招《よ》んでねえやつらは、帰って貰うぜ」

血だらけの両手を翳《かざ》して、老人が言った。

「靴の説明を聞いてない」

「忘れた」

「忘れただと？」

「つまり、エレベーターの中に忘れたんだろう。そこにあったのならな。私は風景をよく描くんで、とにかく歩き回る。靴はたえず新しいものを用意してるのさ」

「納得しにくいな」

「財布を落とす。本人も、そんな大事なものをなぜ落としたのか、さっぱりわからない。物をなくしたり忘れたりする時というのは、そういうものだろう」

「なんで、ジャガーを使わず、タクシーを使って、ここへ来た？」

「ジャガーは、釣りには似合わん」

「そんな問題か？」

「十二気筒のジャガーだ。たえず故障をしている。そんな車に好んで乗る人間というのは、いつも似合うか似合わないか、考えているものだ」

私が笑うと、大木は軽く舌打ちをした。

私がどこへ行ってなにをしようと、警察になにか言われる筋合いではない。それでも、この男は昨夜私を張らせていた。多分、警察にさえ、なんの手がかりもないということだろう。

「皿を洗ってくんな、先生。鰹はもう藁《わら》を燃やしてあぶるだけだ。時季じゃねえがな。それでも、いい宴会になりそうだ。警察《サツ》の旦那が邪魔をしなきゃだが」

「いずれひっぱがしてやるさ、先生。あんたの芸術家面をな」

大木が言い、にやりと笑って私に背をむけた。

車が走り去ると、老人はもう魚の話しかしなかった。本気で、宴会をはじめるつもりらしい。皿に魚が盛られていった。

18　子供

眼醒《めざ》めたのは、夕方だった。

ぐっすり眠った。熱いシャワーを浴びて、まだ起きていない躰を刺激した。

掌には、老人が繃帯《ほうたい》を巻いてくれた。それ以外に、繃帯を巻かなければならないところは、ないようだ。脇腹の痛みは、相変らずだった。骨が折れている。老人は事もなげにそう言って、特に手当てをしようとはしなかった。肋骨《ろっこつ》など、気づかずに折っていることもあるらしい。

下のドラッグストアへ行って、新しい繃帯と消毒液を買ってきた。

自分で繃帯を巻いた。指さきは、赤く擦りむけてはいるが、出血するまでには至っていないようだ。

熱いシャワーを浴びたあとも、腕や脚には力が入らなかった。全身が、吊《つ》り人形のようにギクシャクしている。

シガーボックスから、葉巻を十本取り出した。ダビドフとモンテクリストとロメオ・アンド・ジュリエットを三本ずつ。キューバへ行った友人の小説家が、わざわざ苦労して手に入れてきてくれた、コイーバという極上品を一本。

シガーボックスは旅行用で、給湿器も小さい。三十本入れるのがせいぜいだった。絵が売れはじめたころから、私はこういうものに凝りはじめた。ワインのヴィンテージを研究し、食後には必ずシガーに火をつけるようになった。

それが、いいことなのかどうか、わからない。人間の愉しみであることは、確かなのだ。ただ、愉しみというやつは、人を堕落させもする。

葉巻やワインのために絵を描いていた期間が、私にも確かに何年かあった。

駐車場に降りていくと、私のジャガーのそばに大木が立っていた。無視して車に乗りこもうとした私の腕を、大木が無造作に摑んだ。腕ではなく、脇腹に痛みが走った。

「放したまえ」

「手に怪我してますね、先生」

「大物を逃がした。必死でボートにまであげたんだがね。その時、掌をズタズタにされた。それはそれで、気持がいいものだが」

「釣りは、前から」

「カリブ海、エーゲ海、地中海、それからメキシコ湾。そういうところでは、よくやったよ。日本の海も、悪くなかったね」

「あんたと喋ってると、気障《きざ》すぎて頭にくるんだよ。こっちは、休みもなく歩き回って、うんざりするぐらい靴の底減らして、まともな新車一台、買えやしねえんだ。それが、十二気筒のジャガーで、カリブ海や地中海だって。ちょっと絵がうまいってだけだろう」

「君の仕事は、画家を世の中からなくすことかね。それとも、犯罪をなくすことか？」

「犯罪ってのはね、先生、不公平だって気分が引金になることが、ずいぶんあるんですよ。いろんな犯罪者に会った。自分で手錠もかけた。どこか、むなしかったもんです。このまじゃ、いつまで経ってもこんなやつらはいなくならないだろうってね」

「警官が持つには、危険すぎる思想じゃないのかね。政治家になって、社会改革でもやりたまえ」

「ところが、警官になっちまった」

「絵描きなんて、人畜無害の代表みたいな人種だと思うがね」

「殺人犯と一緒でなけりゃね」

「玲子は、殺人犯と確定したのかね？」

「逮捕令状、取りましたよ」

「そうか」

　聞いても、大した動揺はなかった。玲子が殺人犯であろうが、傷害犯であろうが、私は守ると決めた。

　不思議な気分だった。自分が引き受けたこと。それを引き受けることによって、より生きようと決めたこと。それが玲子を守るということだった。

　川中や宇野とは、違うようだ。彼らが、なぜ玲子を助けようとしているのか、結局のところ私にはわからない。理由はわからないが、気持はどこかわかるような気がする。

「行っていいかね？」

「どちらへ？」

「ヨットハーバーさ」

「川中良一《りょういち》氏に、会おうというんですか？」

「川中さんのヨットハーバーじゃない。あそこは、秋山のホテルの前じゃないか」

「じゃ、あそこ」

「そう」

「また釣りってわけじゃなさそうですね。ジャガーを運転していかれるようだから」

「あの爺さんが、私は好きでね」

「持っておられるものは？」

「関係ないな、君には」

「見せていただけないだろうかと、お願いしているんですよ」

「もっと荒っぽい口を利いた方がいいんじゃないのかね。それが、ほんとうの君なんじゃないかと思うんだが」

私は、紙袋に入れた葉巻を見せてやった。

「ふうん」

「ハバナ産だ。めずらしいものでね。あの爺さんも、なかなか趣味がいい」

「高いんですか？」

「千円札を、何枚も丸めて灰にするようなものだね」

車に乗りこんだ。

駐車場に立ち尽した大木の姿が、しばらくミラーに映っていた。

道路に、車は多かった。特に、海沿いの道に入って多くなった。それでも、東京ほどではない。行楽の帰りがほとんどなのだろう。

陽が暮れていた。ホテル・キーラーゴの明りは、遠くからでもよく見えた。ヨットハーバーも、方々にライトを点《とも》し、クラブハウスの屋根では旗がはためいている。

そこをすぎると、思った通り車は少なくなった。

バックミラーは、気にしないことにした。尾行《つけ》てきたところで、大木は私に手出しできない。ただし、いまのところはだ。いずれ、私も手錠を打たれるかもしれない。それはそれでよかった。

ヨットハーバーの敷地に滑りこんだ。

事務所の窓から、老人の顔が覗《のぞ》いた。来客があるようだ。日曜になると、船を放置したままの持主が、やってくることもあるのだろうか。

「やあ、先生」

擦り切れたソファに腰を降ろしていたのは、川中だった。もうひとり、見事に潮灼《しおや》けした漁師ふうの男がいる。五十をいくつか越えたというところだろうか。

「土崎だ、こいつが」

老人が言うと、土崎は軽く私に頭をさげた。川中が、笑って自分の隣りを私に勧めた。

「たまげましたよ、先生」

「なにが？」

「あの崖を這い登るなんてね。いままで、誰もそんな馬鹿なことはしなかったが、登って登れないことはないんですね」

「なんの話かな?」

「見られてたんだよ、降りてくるのを」

老人が言った。いつもの、窓際の椅子に腰を降ろしたままだ。

「登るとこは、さすがに見られちゃいねえが、降りてくる時は、明るくなってやがったからな」

私は頷いた。白《しら》を切るのも、こうなってはかえって不自然だった。

「俺と坂井が見てたんです。二十四倍まであがるズームの双眼鏡でね。はじめは、ビーチハウスが襲われたと思いましたよ。こっちは『キャサリン』の上だし、岬に近づけなくてね」

「それで?」

「川中の旦那に無線で連絡しようとしたら、坂井のやつが先生じゃねえかと言い出しましてね。船を、ちょっと近づけたんです。やっぱり先生だ、と坂井は言いました。下の浜に、蒲生《がもう》の親父《おやじ》のボロ船があるし、とにかく様子をみてました」

「そのボロ船で、真夜中に岬まで行ったんだ。自慢じゃねえが、レーダーも磁石もねえ。俺のカンだけさ。おまえ、『キャサリン』でも、きのうみてえな時化《しけ》の日に、出られるが?」

「まあ、やらねえな」

「俺はやった」

「わかってるって。たまげたよ。海ってのは、最後はカンと度胸なんだと思ったよ」

「尊敬しろ、俺を」

老人が言った。老人の名が蒲生ということを、私ははじめて知ったことに気づいた。

土崎が、苦笑しながら頷いている。

「川中さん」

私は、川中の方へむき直った。

「どれだけのことを聞いたか知らないが、私は君らの行動の邪魔はしなかったつもりだ。私がビーチハウスへ行ったのを見られたのも、多分土崎さんと坂井くんにだけだろう」

「わかってます」

川中が煙草に火をつけた。穏やかな笑みを浮かべながら、なにかを思い出すように眼を閉じた。この男は、こんな表情をすることもあるのか。そう思わせるような顔だ。

「俺が知りたいのは、なぜ彼女に会ったのかということだけです」

「玲子が消えたのは、私に怪我をさせたことを悔んだせいでもある。そう思った」

「つまり、気にしなくていい、ということを言うために？」

「それもあるが、私がいるということを、あれに伝えてやりたかった。どうにもならなくなった時も、私がいる。それをいつも頭に置いておけとね。もっとも、大したことができるわけじゃない。せいぜい、私の命ひとつ分のことしかできない」

「そのためだけに、彼女に？」

「そうだ」

「闇の中で、崖をよじ登って？」

「あそこから行くしか、方法を思いつかなかった。蒲生さんが助けてくれなかったら、それさえできなかっただろう」

「驚いたな」

「馬鹿なことだとはわかっている。そういう馬鹿に、なってみたかった」

「先生が好きになったな。絵も、好きになるかもしれない。いままで、きれいすぎる絵だと思っていましたが」

「きれいなだけの絵じゃないものを描いてみたい。つまり、もっと生命力をキャンバスにぶっつけてみたい。いま、そういう気分になってきている。玲子は、死んでいた私を、生き返らせてくれたね」

「そうですか。ま、俺としちゃ、それだけ聞けば充分ですよ。五年も会っていない間に、あれもいい女になったんだ」

「会ってもいないのに、わかるのかね？」

「いい男が惚《ほ》れる。これはいい女ですよ」

川中が笑った。やはり少年のような顔だった。

蒲生老人が、私に眼くばせをする。私は、持ってきた紙袋のことを思い出した。差し出すと、椅子から飛び降りるようにして、ひったくった。

「ボートを出して貰った礼でね」

「札束にしたら、相当なもんだな。だけど親父さん、礼なんかを取る気で、闇夜の時化にボートを出したのか？」

土崎が、蒲生の手もとを覗きこんだ。

「そりゃ、礼はたっぷり取る。おまえにゃ、絶対分け前は出さねえぞ、土崎」

「そりゃ、筋合いじゃねえが。アブク銭のために、あれをやったってのが、俺にゃ意外なだけだよ」

「銭なんてもん、とうに卒業してら」

蒲生が、小さなテーブルに紙袋の中のものを出した。ボディにパンチでも食らったような呻きを、土崎が洩らした。

「分け前は出さねえと断っといたはずだぞ、土崎」

「しかし、こりゃ。なんだっ、これは」

コイーバに、土崎が手をのばそうとした。蒲生が邪険に遮った。

「もしかして、そいつは」

「コイーバだよ、土崎さん。キューバから、私のために持ちこんでくれた小説家がいた。キューバでさえも、なかなか手に入らなかったそうだがね」

「ほう」

川中も、めずらしそうに覗きこんだ。

「ダビドフは、シャトー・ラトゥールとドン・ペリニヨンだよ」

「なんだ、それは？」

蒲生が、私の方に顔をむける。

「葉巻の葉というのは、酒に漬けてあってね。ダビドフの中の極上品さ」

「コイーバってのは？」

「ワインでいうと、ロマネ・コンティだね。つまり生産量が極端に少なくて、キューバでさえ幻と言われている」

「俺も、噂《うわさ》で聞いたことがあってね。一生に一本でいいから、喫《す》ってみてえと思ってた」

「なるほど」

蒲生が、満足そうに頷く。むき出しの黄色い歯が、かわいらしくさえ見えた。

「猫に小判。豚に真珠。そうは思わなかったんですかい、先生？」

「土崎さんの葉巻が、よほど羨《うらや》しかったらしくてね」

「ちくしょう。俺は前言を撤回するぜ、親父さん。コイーバを一本貰えるなら、台風だろうが闇夜だろうが、手漕ぎのボートでも出てやる」

「死ぬまで喫わねえ。絶対に喫わねえぞ。どうせ煙になって消えていくもんだが、俺と一緒に煙になるのさ。いいか土崎、これは遺言だぞ。俺の棺桶《かんおけ》に、ちゃんと入れろ。川中の旦那が証人だ」

土崎が、くやしそうな顔をしている。

「俺にも一本ってなわけにゃいきませんか、先生」

「蒲生さんが、怒り狂いそうだからな」

「子供の集まりだな、まったく」

川中が笑っている。

19　パーティ

藤木がやってきたのは、九時を過ぎてからだった。

蒲生が作った、魚介入りの冷麺《れいめん》を平らげたばかりだった。魚がふんだんに入っていて、冷えたブイアーベースのような感じが悪くなかった。

「惜しいことをしちまった。親父《おやじ》さんの冷麺か」

藤木が笑った。東京からの、帰りの途中らしい。川中とは、自動車電話で連絡をとったのだろう。川中は、小さなパワーボートで、自分のハーバーからやってきていた。日曜は出る船も多く、大して目立ちもしなかったのだろう。

「きのう、令状が出たみたいですね。こっちへ来てる大木には、今日届けられたでしょう。殺人容疑ですよ」

誰に殺人容疑がかかっているのか、藤木は言わなかった。

「いまのところ、ビーチハウスでも大丈夫でしょうが、大木が本気でこちらの所轄を動員してローラーをはじめると、別の場所も用意しておいた方がいいと思います」

それから藤木は、私の手の繃帯《ほうたい》に気づいたようだった。

「先生、またなにか？」

土崎が、葉巻の話をたっぷり加えながら、状況を説明した。藤木は、無表情に聞いている。この男の眼《め》が、一番暗いようだ。つまり、死に近い。

「あの崖《がけ》をですか」

言った表情も、なんの感情もこめられていないように見えた。

「逮捕状が出ても、君らはまだ玲子を助けてくれるのか？」

「まあ、そうです」

「ほんとうに、玲子が罪を犯していたとしたら？」

「関係ありませんね」

川中の口調も、淡々としていた。

「彼女のためにやることじゃない。俺たちの心の中にある墓に、花を供えるようなもんです。言い方は気障《きざ》かもしれないが」

「なるほどね」

「勿論《もちろん》、いろいろ調べてはいます。無実に越したことはないわけですしね。先生に思い出していただいた、笠井《かさい》商事というのが、役に立ちました。この街に来ている警察官以外の連中は、全部笠井商事の連中か、それに雇われた者です。一時、社長のことも嗅《か》ぎ回っていましたよ」

「この街でなにか起きりゃ、大抵俺は嗅ぎ回られる。そういう役回りさ」

「山越えで追ってきた男を調べても埒《らち》があかないんで、笠井商事の方から調べてみたんです。その筋では、知られたところでしてね。社長秘書まで行き着いたら、その男でした」

「笠井商事は、なぜ玲子を追っている？」

「そこのところは、まだなんとも。殺人事件絡みであることは、確かなんですがね」

「その殺人事件は？」

「これも、いまひとつです。ちょっと複雑な要素があるんで、表面的な事実だけを説明しておきましょう」

藤木は、無表情に喋《しゃべ》っていた。土崎が、ジャマイカ産らしい葉巻に火をつけ、しきりに舐《な》めた。乾ききった葉巻は、そうしてやった方が表面の葉が熱で破れない。

「殺されたのは笠井商事の篠村《しのむら》という社員で、場所はマンションの自室です。目黒のマンションで、篠村の所有だったようです。まだローンは残っていたんでしょうが」

「篠村と玲子の関係は？」

「よくはわかりませんが、彼女が何度か篠村の部屋へ出入りするのが、目撃されているようですね。もうひとつ、彼女は笠井の愛人だったという噂《うわさ》もありまして」

「ありそうな話だ」

笠井が店にいた時の、玲子の態度を私は思い出していた。それにしても、あんな風采《ふうさい》のあがらない小男に、という気分はある。嫉妬《しっと》とは、どこか違った。

「令状が出るくらいの根拠は、あったんだろうな」

川中が呟《つぶや》いた。

土崎が吐く葉巻の煙が、私のところまで流れてきた。いい香りとは、お世辞にも言えない。土崎は、作法通りの持ち方をしていた。親指と人差し指と中指の三本。これが葉巻の持ち方だと言われている。

「問題は、殺人犯とされている彼女を、なぜ笠井商事の連中が追うかだな」

川中が言った。

殺人事件という、私の日常ではほとんどあり得ないようなことが、ちょっとした喧嘩沙《けんかざ》汰《た》のように話されていた。私も、それを奇異なものとは感じていない。

玲子が、ほんとうに殺人犯だったら、どうやって逃がしてやればいいのか。頭にはそんなことがあった。

「篠村がなぜ殺されることになったか、わかればすべてが見えてくるな」

「笠井商事は、インドネシアやマレーシアやフィリピンから、木材を入れているようですね。調べたかぎりでは、仕事はそれだけなんですが」

「表むきは、だろう？」

「笠井商事所有の、飲食関係の店が、都内に六軒ほどあるようです。直接はちょっと調べにくかったんで、興信所に依頼してあります」

「藤木はやくざ崩れでしてね、先生。やくざ崩れってのもおかしな言い方だが、東京の一部のやくざの中じゃ、いまだに見つけたら殺していいことになってるんですよ」

「それなのに、東京へ？」

「先生の、崖と同じようなことでしょう。俺は止めもしませんでしたよ」

川中は、何本目かの煙草《たばこ》に火をつけていた。何本火をつけようと、土崎の葉巻の香りは薄くならない。

私も、モンテクリストの吸口を切った。土崎が、うらめしそうな表情で私を見る。

「一本進呈しよう、ロメオ・アンド・ジュリエットがある」

「おい、先生よ。あっさり土崎にやったんじゃ、俺の葉巻がありがた味がなくなるじゃねえかよ」

「あの十本のほかに、蒲生さんにも一本進呈したじゃないか」

「ほかにも貰《もら》ってんのか、親父さん？」

「一本だ、一本。モンテクリストとかいうやつよ」

私は、シガーホルダーを出した。川中にも、一本ダビドフを差し出した。

「いつも、三本持ち歩くことにしていてね。それが限界だ。それ以上だと、ボックスから出して時間が経《た》ちすぎることになる」

「むき出しで、いつまでも置いておいちゃ、いけねえってことだな？」

「実は、そうなんだよ、蒲生さん。ただ、ビニールに入れて冷蔵庫にでも入れる。それでかなり保《も》ちが違ってくる。自分用のシガーホルダーを、造れないこともない」

「先生のを、一度見せてくれねえかな」

「いいとも」

私と川中が、葉巻に火をつけた。土崎は、ジャマイカ産をくわえたまま、ロメオ・アンド・ジュリエットは、そっとベストの胸ポケットに収《しま》った。釣師がよく着る、ポケットがいくつも付いたベストだ。

事務所の中が、煙で一杯になった。

「葉巻パーティだなこれは」

藤木が、閉口したように窓を開けた。煙が流れ出していく。

「藤木さんの分が、なくて申し訳ない」

「この男は、たとえ喫《す》いたくても断るでしょう。だから、勧めないことが、むしろ親切なんです。自分は、ほかの人間と同じではいけないと、なぜか思いこんでいましてね。それも、愉《たの》しみとか喜びとか、そんなものを人間並みに考えちゃいけないということで」

藤木は、なにも言わなかった。

窓を開けたので、波の音が事務所の中まで流れこんできた。ヨットのステイが鳴る音も聞える。

「ところで、私はまだ玲子と連絡があると思われているようなんだが」

「大木がそう思ってるだけでしょう。笠井商事の方は、いまだにとんだプレイボーイだと考えてますよ。動きからして、そうだ」

「田舎芝居を、まだ続けるかね？」

「秋山さんは、やりたがっています。秋山さんと先生が対立したという恰好《かっこう》だと、宇野さんも巻きこみやすい。私は、宇野さんと社長が、なんらかの繋《つな》がりがあった方がいいと思います。今回に関してですけど。間に入っていただくには、先生は都合のいい存在でいらっしゃる」

からんな」

「俺たちと別々になって、糸の切れた凧《たこ》みたいになると、キドニーはなにをやり出すかわ
「今回にかぎっては」

「それが、あいつらしいとこさ」

「じゃ、私の芝居は？」

「続けてくださいよ、軟派のプレイボーイを。葉巻をくわえて、『レナ』で奥さんのスケッチでもやるんですな。絵になりませんか、彼女。どこか、コローの『真珠の女』みたいな雰囲気があると思いますがね」

「気の強い人だよ、なかなか」

「海沿いの道を、信じられないようなスピードで突っ走った。秋山を乗っけてです。秋山のやつは、それで彼女に参ったんだ。考えてみりゃ、他愛ない男だ。レーサーの女でも現われたら、またそっちに惚《ほ》れるぞ」

「ほんとは、お嬢を助けようとしたんでさ、命がけで。あんなことができる人は、そういねえ。亡くなった前の奥さんもいい人だったが、いまの女房もなかなかなもんでね。女房運のいい男って、いるでしょうが。秋山は、それですよ」

土崎が、いがらっぽい煙を吐きながら言った。

「土崎さんは、秋山とはフロリダ以来の仲でね。冗談でも、秋山に関することなら許さな

いところがある」

「それがわかってて、川中の旦那《だんな》は俺をからかうんだ」

煙が、笑い声でかすかに揺れた。

「万一の場合の、海外へのルートは？」

川中が、ダビドフのトロリとした煙をゆっくり吐いた。

「それを調べていて、偶然行き着いたんですがね。笠井商事というのは、どうもフィリピンと深い関係があるようです」

「つまり、木材関係などではなくだな」

「人の関係ですね。笠井商事の経営している飲食店には、フィリピンの女もいるという話です」

「見えてくるものはあるな」

「それは、いずれ調べがあがってくるでしょうが、ルートは台湾へのものが一本あります。こういうことに百パーセントというのはあり得ませんが、かなり確実なルートと言っていいでしょう」

「それを、確保しておこう」

「してあります」

「あとは、笠井商事をどう引っ張り回してやるかだな」

彼らの話の中に、玲子が殺人を犯したのかどうかという内容は、ついに出てこなかった。

私は、モンテクリストの香りに自分を包みこむように、続けざまに煙を吐いた。ほかの煙も入り混じってくる。

「ところで、先生。彼女は、ビーチハウスで快適に暮していましたか?」

「いや」

私は、モンテクリストの灰を落とした。

「電気も止まってしまっているあばら屋で、蠟燭《ろうそく》なんかをつけてたよ」

「じゃ、長く腰を据える気はないな」

「わからねえぜ、そりゃ。あばら屋なら、持主が迷惑するってこともねえ。電気が来て、家具も入れてあるところは、一応持主が金をかけてるとこだろう。誰でも、川中の旦那みてえに図々《ずうずう》しいと思っちゃいけねえ」

蒲生が言った。

「それはそうだな。予定していて逃げこんだところでもないだろうし」

「あんなとこで、ひっそりと息をひそめてる。俺《おり》ゃ、人間を見る時はそういうところで見るようにしてる」

「爺《じい》さんが言うことだ。俺たちよりずっと人間を見てる爺さんがな。彼女は、礼節を心得た人間らしいぞ」

川中が、からかうように言った。表情は真剣だった。

「俺たちの方から、手を差しのべる必要があるかもしれん」

「俺ゃ、その娘に会ったことがねえ。だから、みんなよりかえって見えることがあるのかもしれねえぜ」

「俺も、会ったことねえよ、親父さん」

土崎が言った。ジャマイカ産の葉巻が、途中で消えている。

20　朝食

ジャガーを、駐車場に滑りこませた。

エンジンを切るのと同時に、ヘッドライトが当たった。二方向から。両方ともハイビームだ。

もう一度エンジンをかけるべきかどうか、私は迷った。急発進で、逃げきれる可能性はある。しかし、私は逃げる立場ではなかった。逃げることからは、なにも生まれてこない。シートでじっとしていた。

男がひとり近づいてきた。スーツ姿が、ライトの中で認められただけだ。顔は黒い影だった。

「憶《おぼ》えておられますね、先生？」

山を越えて追ってきた、あの男だった。笠井商事社長の秘書。私は、車内を射抜いてくる光を、腕を翳《かざ》して遮った。

「まだ、私に用事かね？」

「先生は、内田悦子と一緒にこの街に来られた。なにか、連絡でも受けておられるんじゃないかと思いましてね」

「君とは、どこかで会ったことがあるような気がするな。この間だけでなく」

「さあ。この間が、はじめてだと思うんですが」

私の前に、再び現われてきた。笠井商事も、よほど手詰りなのだろう。

「ライトを、なんとかしてくれないかね？」

男が、軽く手を挙げた。ライトが消えた。

「銀座の玲子という女とは、確かに一緒に来たがね」

「わかってる。それ以後のことを、訊《き》いてるのさ」

「見かけだけの、紳士らしいな」

「なに」

「すぐに、地を出すじゃないか」

「地ね。ついでに出させて貰うと、あんたはここから消えた方がいい。もし、内田悦子に利用されただけならね」

「利用」

「あの女は、あんたを使ってこの街まで逃げてきた。つまり、利用じゃないのかね」

「なるほど。しかし私には、この街に心を寄せている女性がいてね。それは、君もよく知ってるはずだが」

「秋山の女房だってこともね。秋山って男はホテルマンだが、それほど甘くはないらしい。芸術家の先生とは、勝負になりませんぜ」

「女の気持ってやつは、力だけに傾いていくもんじゃない」

「じゃ、まだこの街にいるのかね？」

「そういうことになりそうだな」

「今夜は、挨拶《あいさつ》だけってことにしとこう。また会いますよ、先生」

「願い下げにしたいね。ほんとうの紳士なら別だが」

「われわれは、人を殺した女を捜してるだけでね。人殺しですよ。どうも、先生のあたりにしか匂《にお》いがない。それ以外、プッツリでね。だから、多分また会うだろうと思うんですよ」

私は、ステアリングに手を置いたまま、じっと前を見ていた。

「君は、警官かね？」

「いや」

「じゃ、なぜ殺人犯を追う」

「世の中にゃ、自分でケリをつけなきゃならんことも、あると思うんですよ」

「やくざの論理だね、まるで」

「また、会いましょう」

男は笑ったようだったが、私はそちらを見ていなかった。

男が車に戻り、二台の車が駐車場を滑り出していった。

私は車を降り、玄関まで歩いた。

大木が立っていた。十一時半。仕事熱心な男だ。

「蒲生のところは、そんなに居心地がいいかね？」

「あの爺さんが、好きなんだよ、私は」

「また釣りに出て、逃がした大物をもう一度追う相談でも？」

「逃がした魚が、どれほど大きかったか、という話さ。一時間で、五キロずつ増えていったよ」

玄関に入った私に、大木は付いてきた。

「危ないところでしたね」

「なにが？」

「あの連中。鼻だけは利きやがる。こっちが張っているのに気づいたんで、無理に先生を連れていかなかったんですよ」

「じゃ、私を連れていこうとしてたのか？」

「多分ね」

「君の推測だろう」

エレベーターの扉が開いた。

大木は乗りこんでこなかった。扉が閉るまで、じっと私に眼を据えている。私も睨《にら》み返したが、すぐに扉に遮られた。

部屋へ戻り、シャワーを使って、それから掌《てのひら》の消毒をした。傷はもう塞《ふさ》がっている。脇《わき》腹《ばら》の痛みも、相変らず続いてはいるが、どこか全身に拡散しているという感じもしてきた。

繃帯を簡単に巻いて、ベッドに入った。

すぐに、眠りが訪れてきた。

電話で起こされたのは、午前八時すぎだった。

「朝食を一緒に、と思いましてね」

キドニーだった。キドニーと呼んでいるのは川中だけだが、私にもその名がぴったりに感じられてきた。

「秋山が、本格的に訴訟を起こす気配でしてね」

近くに誰かいる。多分、そうだろう。あるいは、ホテルの交換台を警戒しているのかもしれない。

私は髪に櫛《くし》を入れて、部屋を出た。目立ちはじめた髭《ひげ》を当たる時間はなかった。

一階の軽食堂で、キドニーは待っていた。パイプをくわえ、濃い煙を吐き出している。

「内田悦子に逮捕状が出ているのは、知ってますね」

「まあね。大木という刑事が、ほんとうのことを喋っていればだ」

「それについて、東京の知人と話してみたんですがね。どうも急ぎすぎている。大木の上司の警部が、無理矢理逮捕状を取ったという感じなんだな」

「それが、なにを意味するのかね?」

「いまのところ、警察は無理をしても急ぐべきだ、と判断したとしか言いようはないですね」

アメリカンスタイルの朝食だった。キドニーは、コーヒーには半分ほどしか口をつけなかった。フライド・エッグをひとつ。それにトーストをひと口。私の方が、食欲ははるかに旺盛《おうせい》だった。

「宇野さんは、玲子がビーチハウスにいることを、どうやって知ったんだ?」

「アームチェア・ディテクティブってやつでしてね。五年ぶりにこの街に戻ってきて、どこを隠れ場所に選ぶか。人目がなく、夜露だけでもしのげる場所はどこか。考えたら、あそこしかなかった」

「それだけかね？」

潰《つぶ》れてしまったフライド・エッグの黄味を、私はトーストで掬《すく》いあげた。

「それだけじゃありませんがね」

「教えて欲しいな」

「大したことはありませんよ。俺が顧問をしている不動産屋に、ビーチハウスはいまどうなっているのか、問い合わせがあった。めずらしいことだったんでね、不動産屋は俺に話したわけです。別荘を買うなら、秋山のホテルの裏手がいい、と答えてやったそうです。ビーチハウスは、もうないも同然だとね」

「なるほど」

「若い女の声だった。それだけで、彼女を連想するじゃないですか」

私は、コーヒーに移っていた。キドニーは、とっくにパイプに火を入れている。

実際に、玲子はビーチハウスにいた。だから、キドニーの推測は正しかったことになる。いなかったとしたら、土崎が船を出したというのは、無駄なことだったのか。

「生きるってことは、試行錯誤ですからね。もし彼女がビーチハウスにいなかったとしたら、次に俺は海の家あたりを考えたでしょう。ただし、そこは道路のそばで、人眼につきやすい。とにかく、俺は考えて、川中は動けばいい。あいつは、他人に売れるほど健康なんですから」

私も、コーヒーの途中で葉巻に火をつけた。周囲には迷惑なことだろう。ウィーク・デーにしては、ホテルに客は多かった。よく考えると十五日の日曜が祭日で、今日は振替休日なのだ。世の中は、連休ということになる。

「川中と、話したんでしょう？」

「ああ」

「やっぱりやつは、無条件で彼女を助けるつもりですかね？」

「そうだよ」

「川中らしいな」

「君も、そうだろう？」

「俺は、いつもその場しのぎってやつでしてね」

キドニーの吐くパイプの煙のむこう側に、大木の薄ら笑いを浮かべた顔が見えた。近づいてくる。私は無視していた。どちらにむかってかわからない角度で、大木が頭を下げた。キドニーが、チラリと大木に眼をくれる。

「なにか？」

「二人の関係を、確認したいと思いましてね」

「弁護士と依頼人の関係を？」

「それだけですか？」

「大木さんでしたな、警視庁捜一の？」

「はい」

「弁護士と依頼人の関係が、法律上どういう保護を受けているか、御存知でしょうな」

「あまり詳しくありませんでね。やっと巡査部長に昇任したばかりです。同期の連中で、警部になってるのもいるってのにね。キャリア組じゃ、警視とか警視正になってるのもいる。自分は、一生このままでしょうな」

「一生、そういう連中に敬礼してなくちゃならん」

キドニーが言ったことも、大木には大してこたえたようではなかった。

「自分は、殺人犯を追って、手錠を打つだけが、仕事と思っとりましてね」

「それじゃ、追えばいい」

「遠山先生のとこに、手がかりがありそうなもんですから」

「ないね」

「宇野先生が、それをわかると言われる」

「依頼人がそう言ってる。俺は代弁してるだけでしてね。これから、遠山一明氏との話は、顧問弁護士を通していただくことになる」

「大袈裟《おおげさ》でしょう、それは。遠山先生は容疑者ってわけでもないですし」

「まあ、本人の権利が侵害されない程度だったら、俺も出てはいかない」

「その程度ってのは、どの辺のものなんでしょうかね?」

「そんなことも、わからないのか。まったく最近の刑事は」

「どうも」

大木が頭を下げる。そこへ、キドニーが濃いパイプの煙を吹きかけた。

「いまは、仕事の話でしてね。それも、殺人事件なんかじゃない。女性問題に関して、遠山さんはいろいろトラブルをお持ちなんだ。それでもなお、絵を描きたいと言っておられる。その女性のね」

「ほう」

「いろいろと、秘密の話をしなくちゃならんというわけでね。だから、引き取りたまえ」

「仕方ないですな。自分は、宇野先生も一緒に話してもいいと思っておったんですが」

キドニーが、手を振る。うるさい犬でも追い払うような感じだった。大木は、無表情で立ち去っていった。

「自分の職権を、誤解してる刑事だね。私が絵描《えか》きだから気に入らない、とも言ったよ」

「とんでもない話だな、それは」

濃い煙を吐いて、キドニーが笑う。

「あれが駄目な刑事だってのが、とんでもないということですよ。ありゃ、腕っこきです。

でなけりゃ、本庁の捜一なんて勤まらんし。ああいうのが、怕《こわ》いんですよ。事実、先生に食らいついてるじゃないですか。彼女と一番近いのが、先生だって知ってるんですよ。もう一方の連中の方は、秋山の奥さんで騙《だま》せてますけどね」

「なるほど」

「令状を、無理して早目に取ったのも、なにか理由があると、俺は睨んでます」

「わかった。彼と会った時は、気をつけよう」

「鋭さを表に出してるようなやつは、それなりに扱い方があるんですが」

キドニーが腰をあげた。

「ジャガーに乗せていただけますか。十二気筒の、すごいエンジンを積んでるそうじゃないですか」

「どこまで」

「行きましょうよ、『レナ』が開店するまで、まだちょっと間がありますが」

「奥さんに、会うのかね」

「俺は、秋山とはそれほど悪くもない。あいつがこの街に来た時、ちょっと一緒に仕事をしてましてね」

「行って、どうするんだ？」

「さあ。時間潰しかな」

私も、腰をあげた。

さしあたって、やらなければならないことはない。

21　キドニーの岩

海沿いの道を走った。『レナ』はまだ開店していないようだ。菜摘が乗っているシティ・ターボもない。

通りすぎた。Uターンをする場所を見つけるために減速すると、真直《まっす》ぐに行こうとキドニーが言った。

「このさきの、松林の中の道を左へ行くと、ビーチハウスじゃないのかね？」

「そこも通りすぎましょう。もし誰かが尾行《つけ》ているとしたら、かえってこんな場所でUターンはよくないし」

「この街へ来て、はじめていろんな人間に尾行られた。生涯、最初の体験だね」

「自分で、そう思ってるだけかもしれませんよ」

「どこまでも、皮肉っぽいな、君は」

左側の景色から、海が遠ざかった。松林が増えてくる。少し登りにかかったところに、左へ行く道があった。

やりすごした。切り通しのような道だ。すぐ下りになった。松林は深い。

「ビーチハウスへ、行ったそうですね」

「ああ」

「坂井が、ずっと崖を降りてくるところを、双眼鏡で見てたそうです」

「みんなに迷惑はかからないように、やったつもりだった」

「あの崖をね」

前方に、海が見えた。松林の幹の間からだ。海は鈍色《にびいろ》で、荒れ模様だった。空の雲が厚いことに、私はようやく気づいた。

岬のある半島は、通りすぎたらしい。

半島の根もとあたりで、河が海に注ぎこんでいた。その先はまた海沿いの道で、砂浜が続いている。

「このあたりは、海水浴場になりましてね。民宿が持ってる、海の家ってやつが浜の防波堤沿いに並びますよ。右の方の街道を行くと、モーテルが十軒近くあって、そこは大木も、別の連中も調べたみたいだ」

「笠井商事というところだよ。別の連中というのはね」

「知ってます。別の連中で充分だ」

防波堤の上に、海の家の屋根が並んでいた。夏が終っても、取り壊されてはいない。人のいない小屋が、かえって秋の海の淋《さび》しさを際立たせていた。

ジャガーは、滑るように走っている。それでも、海に似合う車ではなかった。

「この小屋が、五年前に燃えましてね。隠れている人間を追い出そうとして、火焔壜《かえんびん》を放《ほう》りこんでいったやつがいたんです。きれいに燃えちまうんだな、こんなもん」

「まあ、木だけだろうからな」

しばらく走ると、岩場になった。道路も海からはずれ、松林を挟んで走るような恰好になってきた。

「このさきに、いいポイントがあるんですよ」

「なんの？」

「釣りです。磯釣《いそづ》りってやつでね、俺しか知らないポイントです」

「ほう、君が釣りを」

「誰も知りませんがね。俺は、ただ生きてるとみんな思ってます。透析を受けることで、ようやく生き延びてるとね。そういう人間が、人生の愉しみを持つとは、誰も考えないんでしょうな」

「そうかな？」

「そういう眼で、みんな俺を眺めてますよ。いずれ死ぬとね」

「透析を受けているかぎり、死ぬようなことはないだろう？」

「まあね」

道は松林の中に入った。振替休日のせいなのか、遊びに出かける車が多いようだ。前には車が走っているが、対向車線にはほとんどいない。

「川中や藤木のように、ある瞬間、ふっとためらいを切り捨てて、自分の命を賭《か》けられるようなタイプじゃなかった。そうだったら、とうに死んでいたでしょうが。川中や藤木が生きてるのは、俺には奇跡にしか見えん」

「人には、生き方があるさ、それぞれ」

「先生は、崖を這《は》い登る自分の姿を、以前に想像したことがありますか？」

「ないね。自分がそういうことができるタイプの人間だとは、思っていなかった」

「自分がこうだと思いこんでいる自分とは、違う自分もあるかもしれませんね。先生が崖に這い登ったと聞いて、俺はそのことを考えましたよ」

松林を抜けた。

この道をどこまでも真直ぐ行くと、有名な灯台のある岬に出るはずだ。それからさらに進むと、時折新聞でも問題になる原子力発電所がある。

「曲がりませんか、先生。このさきに、左へ入る道があります」

私は頷《うなず》いた。灯台まで走っても、それほど意味があるとは思えなかった。

舗装のない道だった。浅い轍《わだち》が、二筋だけある。大して車も入ってこない道なのだろう。

さきには、海しかなさそうだった。

「そこで、車の方向を変えられます」

小さな広場だった。バックして、私は車の方向を変えた。これでは、道から五メートルばかり入ってきた、ということにしかならない。

「この先は、海なのかね？」

「降りてみましょうか」

私の返事も待たず、キドニーが降りた。仕方なく、私も車を降りた。

「ここは、結構深い岩場でしてね。暗礁が多いから、漁師も入ってこない」

「ここか、君のポイントというのは」

浜から突き出した岩場のようになっているようだ。海面との落差は、十メートルほどしかない。荒れた日には、飛沫《しぶき》を頭から被《かぶ》ることになるだろう。

キドニーが、岩の鼻に立った。私は、岩場を水沿いに歩いた。ところどころ、暗礁の黒いかげが海面下に見える。

「どうですか、先生？」

「釣りをしたいわけじゃない」

「いかにも、魚がいそうな海だと思いませんか？」

「そうだな」

「俺の土地です」

「どういう意味だね？」

「道路からこっち側、俺が買った土地ですよ。いつか、ここに家を建てようと思いましてね」

「ほう」

「その時まで、生き延びるつもりですよ。つまり、いつまでも建てなきゃいつまでも死なない」

言って、キドニーは笑みを浮かべた。あまり気持のいい笑い方ではない。ちょっとやりきれないような気分になる、笑顔だった。

「ここに、岩がありましてね」

キドニーが、指さして腰を降ろした。それは、ちょうど片側だけ肘《ひじ》かけの付いた、椅子《いす》のようになっていた。腰を降ろしていると、キドニーも岩になったように見える。

「ここで、竿《さお》を持ってるんですよ。勿論、釣れない時が多いぐらいです。それほど道具に凝ったりはしてませんのでね。それでも、ここにじっとしている。海の変化を眺めたり、頭にいろんなことを浮かべたりしてね」

孤独癖のある男なのだろう。それを気取っているようには見えない。病気が、そうさせているに違いなかった。

気に入った、ほんの小さな岩を見つけ、それを自分だけのものにするために、周りの土地を買ってしまった男。悪くはなかった。

「誰か、ここに腰を降ろして、釣りをしていたらどうする？」

「鉄条網を張るかもしれませんね。いままで、そんな気配はありませんが。立入禁止の札なんか立てて」

「そうすれば、ここが誰のものかわかってしまうね」

「意地の悪い人だな、先生も」

「これでも、人の気持の中はわかる方でね」

「誰も知らない。ここに俺がいることなど、誰も知らないんですよ」

「なぜ、それを私に？」

「さあ、崖に登ったって話を聞いたからかな」

「そんなに、大変なことだったのかな」

「別に。坂井は心を打たれたようですがね、俺は、馬鹿な人だと思った。どうしても会いたけりゃ、川中だっていやとは言わなかったでしょう」

「そうだね」

「俺には、できない。そんなことができないまま、ずっと生き延びてきた」

キドニーが、パイプに火を入れた。馴《な》れているのか、服でうまく風を遮っている。

岩にぶつかる波の音が、よく聞えた。躰《からだ》に震動を感じるほど、海は荒れてはいなかった。いい海だ。ふと、そう感じた。なぜだかわからなかったが、じっと見つめていると、引きこまれていきそうな気がする。

この海が、描けるだろうか。眼が、画家のものに戻っていた。色や、波のかたちではない。ここに映し出されたなにか。私の心の中のなにか。

「ひどい交通事故でした。誰もが死ぬと思ったが、なぜか死ななかった。腎臓《じんぞう》が二つ。安いものだと言われましたよ」

「東京で？」

「ええ。それで、郷里のこの街に戻ってきましてね。なぜか、大学で一緒だった川中が流れてきていた。コンピュータ関係の技術者だった、川中の弟も、その女房も、工場がこちらにできてやってきた」

「ほう」

「俺を駅に迎えてくれたのは、川中ひとりでしてね。弔問にきた客みたいだ、と言いましたよ。俺は黒い服に、黒いネクタイをしてたんでね。別に特別の理由はなかった。いまも、黒を着てますしね。黒が好きなんだ」

「川中さんとは、古い友だちなんだね」

「キドニーってニックネームをつけたのも、やつです。ごついキドニー・ブローを食らってな。俺は由来を聞かれると、そう答えるのが好きになってね」

私も、葉巻に火をつけた。

煙は、海に吸いこまれるように、流れていった。香りも、ほとんど流されていく。

「川中の弟が死んだ。俺が殺したようなもんです。そのあと、女房も殺された。俺と川中は、なぜかその女房に惚れていたらしくて」

「らしい？」

「そんなことは、死んじまったあとにわかったりするもんですよ」

キドニーは、岩に片肘をついて、煙を吐き続けている。この男は、川中と行動をともにしたいのではないのか。ふとそんな気がした。しかし、この男の中のなにかが、それをさせない。

それを、いまここで言おうとは思わなかった。二人の間には、私の窺《うかが》い知ることのできないなにかが、確かにあるに違いない。男というのは、他人に窺わせないなにかを、心の奥に抱いて生きるものだ。

「気になりませんか、彼女のこと？」

不意に、キドニーが話題を変えた。

「心配はしている。ただ、あれが決めたことだ。最後までやり抜けばいいさ」

「川中の弟が研究したものが、欲の対象になりましてね。奪い合いだ。金になる新研究だったんでね。川中も藤木も、巻きこまれちまったという恰好でした。大変な騒ぎになりましてね。その時、川中のところのボーイのチーフが殺された。殺すために殺した。そんな感じでしたな。彼女の兄ですよ、死んだのが」

殺すために殺した。つまり、犬死にのような殺され方だったのだろう。

「親代りの人が殺されたというのは？」

「その後でしたね。まあ、川中と同じで、死にむかっていつでも跳べるような男でした。川中を助けるためだったらしいが、やっぱり無駄死にでしょう」

「川中さんは、喋りたがらないわけだ。玲子も」

「いや、川中はほんとうに訊けば、喋りますよ。必要な時はね」

「私には、喋りたがらなかった」

「もともと、暗い部分は全部ひとりで引き受けて、胸に収《しま》いこんでおくタイプでね」

「やっぱり好きなようだね、彼が」

「そうですかね？」

「そんなもんさ」

「ここに腰を降ろしていて、ひとりだけこの海を見せてやりたいと思った男がいます」

「見せてやりゃいい」

「敵同士みたいになっちまった。川中の弟は生き返らんし、弟の女房の方もね。同じ傷を共有したようなもんだが、抱き方がまるで違ってた」

「そうとも思えんがな」

「どうしようもなく、お互いにそう思ってますよ」

「玲子のことで、君たちは同じ傷を共有し、同じことをしようとしている。私にはそう思えるがね」

「よしませんか、この話。いくら話しても、川中との距離は縮まるわけがないんだ」

キドニーのパイプが消えていた。それでもまだ火が残っているかのように、キドニーは何度か音をたてて空気を吸った。

私の葉巻も、消えていた。

22　コーヒーブレイク

菜摘が、準備中の札をひっくり返すところだった。

私とキドニーは、カウンターに腰を降ろして、コーヒーを頼んだ。

「坂井が私をここへ連れてきた時、なんと言ったか知ってるかね？」

「口直しが必要だ。俺のとこのコーヒーを飲んじまったんだから。そう言ったろうな」

「まずいコーヒーだった。正直言って」

「みんなインスタントだと思ってるが、あれでちゃんとした豆を使ってましてね。ただ煎《い》り方が極端なんだ。焦げるまで、徹底的に煎り続ける。色の大部分は、コーヒーというより、煤《すす》みたいなもんです」

菜摘が、カウンターの中で笑って聞いていた。『レナ』でも、コーヒーを煎るところからはじめるらしい。いい匂いが漂ってきた。

「俺の事務所じゃ、コーヒーをいかにまずく淹《い》れるかが、女の子の採用の条件でね」

「それでも、ここにコーヒーを飲みにいらっしゃるのよ、宇野さん」

「ほう」

「ここは、凝ってるんでね」

「ちょっと、手間を多くしてるだけのことですよ」

フライパンで煎ったコーヒー豆から、菜摘はピンセットでなにかつまみあげていた。豆に付いている、半透明の薄皮らしい。

「こうすると、純粋なコーヒーの香りになりますのよ。フロリダで、こうやって淹れていた老人がいたんですって」

「悪くはない。ほんとですよ、先生」

「この前は、味わうような気分ではなかった」

「まずい方は覚えていてもね。世の中は、まずいものがあるから、うまいものもある。俺は、そう考えて、あのコーヒーを散々手間をかけて出してるんです。つまりは、うまいもののためってことになります」

キドニーが、笑ってパイプに火を入れた。

菜摘が、サイフォンをカウンターに出した。豆を碾《ひ》く、気持のいい音がした。

「キドニー・スペシャルというのを作ってくれ、と頼んでるんですがね。ここのコーヒーはみんな同じだと断わられた。もっとも、やれば川中あたりも真似《まね》をしそうだ」

「同じ豆、同じコーヒー。それが腕だと、主人が申しておりますわ」

「フロリダ帰りに、コーヒーの講釈をされたかないな。アメリカンという悪《あ》しき習慣を作ったのは、アメリカ人ですぜ」

「コニャックまで水で割ってね。主人には、それはやめさせました」

カウンターの中にいる菜摘は、どこか楚々《そそ》としていた。コローの『真珠の女』と川中が言っていたことを、私は思い出した。その人間の持っている気配というやつを、川中はよく摑《つか》む。容姿は似ていないが、川中が『真珠の女』と言った感じは、私にもよくわかった。

コーヒーが出された。

カップもスプーンも、無闇《むやみ》な高級品というわけではないが、凝っている。

はじめのひと口が、なんとも言えなかった。まさしく、コーヒーだ。

「うまいもののために、まずいものがあるか。宇野さんのとこのコーヒーを飲んでくれれば、これはどんなふうに感じられたんだろう」

「人間のありようというのも、同じかもしれませんね」

「川中さんが陽で」

「それは、大抵誰でも思うことです。実は逆なのかもしれないし」

「人間は、コーヒーがうまいというように、簡単には決められないのだろうな」

　私は、消えたまま胸ポケットに突っこんであった葉巻に、火をつけた。うまいものは、葉巻の味もよくする。

「先生、落ち着かれましたわね。あたしと山道を走った時なんかと較《くら》べると」

「香水のプレゼントをしたこともあった」

「そんなふうに、じっと待ってやる。それも大切なことだと思いますわ」

　崖を這い登った。それが、私を落ち着かせたのかもしれない。なにかをやらなければならない時は、できる。そういう思いもある。

　いま、玲子にしてやれることは、なにも思いつかなかった。何人もの男が、玲子のためになにかしようと思っている。結果として玲子のためでも、ほんとうは、それぞれが自分自身のためにやることかもしれない。

「人間が生きるというのは、複雑なことだ」

「複雑さをつきつめれば、単純になるとも言えますよ」

「君と、言葉の論理で争う気はない。私は、いまの感じというやつだけで生きてきたからね」

「じゃ、単純だったでしょう」

「いまは、複雑だと思ってる」

葉巻の香りが、躰を包みこんできた。

コーヒーが、いい温度になっている。味わいながら、それでも冷めきる前に飲み干した。

安見が入ってきた。私とキドニーを見て、二度頭をさげた。金曜日に会った時は、私の痣《あざ》だらけの顔を見て、吹き出しそうになるのをこらえていたものだ。

「先生の絵、画集で見ました」

カウンターの中に入って、安見が言った。

「それはありがとう」

「自分のじゃなく、市立図書館ので。現代洋画集の中に、三枚出てました」

「あれは、ベニスとポルトガルの絵だったんじゃないかな」

「それから、アンデスの絵。あれが、一番淋しそうな絵だったわ。生意気みたいだけど、どこか沈んでて」

妻が死んで二か月後に、私はアンデスへ行った。妻がインカの遺跡を見たがっていた。

それだけの理由だ。いい絵なのかどうかは、自分ではわからない。ただ、私には絵を描くしかなかった。妻になにかをしてやりたい。そのなにかも、絵を描くこと以外ではなかった。

画集に入ったのだから、誰もがいいと認めはしたのだろう。私は、ただひとりの、すでに死んでしまった人間にだけ、認められたくて、それを描いた。妻のために描いた、一枚きりの絵。

死んだ人間のために、何枚もの絵を描くことが、私にはできなかった。

「手、どうかしたんですか？」

「ちょっとね」

「崖を登った時に、怪我《けが》したんだ」

安見が知っているということが、意外だった。

「大丈夫でしょう、この娘は」

キドニーが、パイプの煙を吐いた。

「大抵のことじゃ、驚きませんよ。そんなふうに、育ってきたんです。秋山夫妻も、なんでも話すみたいだ。人間の汚さや弱さや醜さなんかも、すべてね」

「先生が、うちの母と恋の道行《みちゆき》をしたってことも、知ってます」

言って、安見がかわいらしい舌を出した。

「道行なんて、誰に習った」

「父が、そう言いました。先生もちゃんとお芝居ができればいいんだけど、と言ってましたけど、できたみたいですね」

「これでも、役者なのさ」

安見が笑った。

すくすくと育ったという感じに見えるが、ほんとうは外見とまったく違うのかもしれない。素直な少女なら、私のアンデスの絵がいいと言いはしないだろう。

電話が鳴った。笑って聞いていた菜摘が出た。すぐにキドニーを呼ぶ。

「なるほどな、わかった」

キドニーが言っている。誰からかとは、菜摘は私には言わなかった。

「手伝いかい？」

「いいえ、アルバイト。時給三百五十円で、しっかりコキ使われてます」

「高いのか、それは？」

「最低より、百円は安いと思うわ」

「中学生を、アルバイトなんかに使っちゃいけませんのよ。だから、親と子の取り決め。交渉で決まったことですからね」

菜摘が笑った。キドニーは、まだ受話器を握っている。私は、カウンターに置かれたパイプに手をのばした。

バーズアイの木目が出た、きれいなパイプだった。火皿には、カーボンがほとんど付いていない。コンパニオンに付いたナイフで、削る癖があるのだろう。

「コーヒーブレイクは終りです、先生」

キドニーが、受話器を置いて言った。

「なにがあった？」

「川中が、襲われたそうです。藤木も一緒にいたらしいですがね」

「襲ったのは？」

「別の連中ですよ。内田悦子を調べていけば、川中エンタープライズに行き当たる。ようやく、そこまで調べあげたってことでしょう。あの兄妹は、川中エンタープライズの社員でしたからね」

「私に脈がないとなれば、ほかには川中さんしかいないわけか。それで、川中さんの怪我は？」

「怪我なんて、しちゃいませんよ」

「襲ってきたのは、何人なんだね？」

「八人だそうです」

「それで、怪我ひとつしなかった？」

「藤木と川中ですからね。むこうに怪我人が出たでしょう。坂井が噛《か》んでれば、八人とも逃げられなかったかもしれませんよ」

「ということは、全員が逃げたわけじゃないのか？」

「ひとり、捕まえたそうです。笠井商事社長秘書の若造を。八人いたんで、やつも安心してたんでしょうね」

安見は、煎ったコーヒー豆の薄皮をピンセットでつまんでは、わきにどけていた。話は聞えているだろうが、興味を示す素ぶりはしなかった。

「で、どうするんだ？」

「いろいろ知ってる男でしょう。わからなかったことを、教えてくれると思いますよ」

「なるほどね」

「そういうのは、藤木の仕事だな」

それは、私も見当がついた。教えて貰うといっても、頭を下げれば喋ってくれるわけでないことは、私にもわかる。

「電話は誰から？」

「土崎ですよ。ということは、ヨットハーバーで事件が起きたってことかな。かなりの騒ぎだったらしいし」

「会いたいな。笠井商事のその男に」

「もうちょっと、待った方がいいでしょう。いまは、藤木の出番だ」

「昔、やくざでね。いまも、川中の用心棒って気があるでしょう。藤木を殺《や》りに、何人もこの街に来ましたよ。刺されて死にかけても、藤木は生き返ったな」

「命に縁のありそうな男だよ」

「そう思いますか？」

「ああいう人は、そうだろうと思う。特に、本人が死にたがったりしていたらね」

「刺されても死なないやつもいれば、俺みたいのもいる」

「君も、命に縁があるのさ。ごついキドニー・ブローを食らっても、死ななかった」

「言えてるな」

キドニーが煙を吐いた。

もう一杯、コーヒーが飲みたいような気分だった。しかし、もうコーヒーブレイクは終りだと、キドニーは言った。

「坂井くんは？」

「ビーチハウスを見張ってますよ。やつはオートバイにも乗るから、松林の中のどこかで、人目につかないようにしてるはずです。先生のジャガーも、見てるでしょう」

「船の上とか、松林の中とか、大変だな」

「他人事《ひとごと》のように言いますね」

「あの男」

キドニーは笑っていた。

すぐにカウンターから腰をあげる気配はない。

23　船

男は、キャビンのソファに腰を降ろしていた。

きちんとスーツを着て、ネクタイも緩んではいない。まるで船の客のようだが、眼だけがうつろだった。乗りこんできた私を、見ようともしない。

川中と土崎は、アッパーブリッジにいた。藤木が、後甲板のファイティング・チェアから腰をあげ、私に勧めた。

「邪魔じゃないかな？」

「とんでもない。ただ、手を汚すのは私たちの仕事です。特に私の。先生の手は、汚れてしまうほどきれいですが、私の手は汚れようがありません」

「汚れきっていて？」

「そう」

「汚れていないと思っていて、ほんとうは芯《しん》まで汚れきっている。そういう人間が多いものだがね」

勧められるままに、私はファイティング・チェアに腰を降ろした。

「宇野さんは？」

「船には乗りたくないそうだ」

「情の強《こわ》い人だ。社長と宇野さんは、お互いの関係で、なにかを取り戻すのを忘れていましてね。というより、取り戻し方を忘れている」

「行き違いのあった、夫婦みたいなものだろうな」

藤木は笑わなかった。

船は、かすかに震動している。いつでも動けるように、エンジンはかけてあるようだ。

「なにか、わかったかね？」

「いま、社長が降りてきます」

私は頷いた。

船が、びっしりと繫留《けいりゅう》されている。人の姿も多い。小さなクラブハウスの屋根の上に、人魚を白く抜いたブルーの旗がはためいている。クラブハウスのむこう側に見えるのが、ホテル・キーラーゴだ。

十分ほど待った。

アッパーブリッジから声がかかり、藤木が舫《もや》いを解いた。

木製の桟橋が離れていく。それで、船が動きはじめているのがわかった。

防波堤の外に出ると、船はスピードをあげはじめた。航跡が白く泡立っていく。

「なかなかいい船でしょう。『キャサリン』といいましてね」

川中がアッパーブリッジから降りてきた。

「秋山さんの船だね」

「やつも、フロリダに長いだけあって、船を見る眼は持ってる。買い得の船でしたよ、これは」

「どこまで？」

「清水《しみず》。大して時間はかかりません。沖では全速《フル》で走りますから」

「清水で、なにを？」

「取引ってとこかな。むこうのボスと、顔を合わせておくのも、悪くはないでしょう。笠井信太郎《しんたろう》が、そこまで来てるんです」

笠井と会って、なにが解決するのか、わからなかった。玲子は、依然として警察に追われたままだろう。

船に、ぐんと加速がかかった。飛沫《しぶき》があがる。やはり海は荒れ模様で、雲は厚かった。揺れがある。縦揺れだ。川中も藤木も、なにも摑まらずに平気で歩き回っていた。

男は、キャビンのソファに腰を降ろしたままだ。私は、ファイティング・チェアを回転させて、キャビンの方へむけた。

男の眼が一瞬私にむき、すぐに下をむいた。落ち着きのない眼だ。そのくせ、躰はじっと動かない。男の唇のあたりが、時々ピクピクと痙攣《けいれん》しているようだった。

「川名《かわな》透《とおる》といいましてね。笠井の秘書を六年やってるそうです」

「なにを喋った？」

「笠井が、自らN市に乗りこんでこようとしていること。どうも、事件については詳しく知らないみたいでしてね。悦子、いやもう玲子なんだな、あの娘を見つけることが、とにかく仕事だったらしい」

「事件について、知らないというと？」

「つまり、走り使いに毛の生えたようなもんでしょう。玲子を連れてこなかったら、どこかの店のマネージャーかなにかに回す、と笠井に言われてきたらしい」

揺れが激しくなった。横にはほとんど揺れていない。飛沫が、宙に飛び散っていた。

川中が煙草をくわえた。

「よく、喋ったね」

「藤木が、喋らせましたよ」

「それにしても」

「拷問なんてこと、しちゃいません。いや、拷問になるのかな。肉体を傷めるのでなく、精神の方を傷める拷問だな」

「怯《おび》えているように、私には見える」

「実際、怯えていますよ。藤木は、本気でやったみたいですからね」

「君たちを襲ったのは、八人いたという話じゃないか」

「八人が扱いやすいこともあれば、ひとりが手強《てごわ》いこともある。そんなもんです。先生は、手強いと思いますよ」

「冗談だろう。軟弱な絵描きだよ」

「殺さないかぎり、思う通りにできない。いや殺すわけだから、それも思う通りというわけではないな」

「弱者の、唯一の抵抗ではないのかね？」

「いや、強いってことですよ」

陸地は、かなり遠くにあった。

キャビンに入って、川名とむき合おうという気は起きない。

私は、ファイティング・チェアから腰をあげ、後部の手すりに摑まった。スクリューの回転のためか、後部の水は抉《えぐ》られたようになり、それから盛りあがって、白い航跡になっている。

「キドニーと、なにか話をしました？」

川中も、私と同じ恰好をした。声は、海の方へ航跡とともに吹き飛ばされ、聞きとりにくかった。

「聞いたよ。弟さんとか、その奥さんとか、それから玲子の兄の話なんかをね」

「神崎というのもいました。いやな出来事でしたよ。親しい人間が、何人も死んでいった。俺は、死に損いましたがね」

「キドニーも、死に損った気でいるようだ」

「でしょうね。大口径の拳銃《けんじゅう》で腕を吹っ飛ばされて、あわや切断というところでしたから。それでも生き残った。腕も動くようになった。まったく、俺たちみたいなのが、どうして生き残っちまうんだ」

「そう思っている間は、死なんのかもしれんな」

「そうですね。俺は、生きるとか死ぬとかいうことを、考えるのをやめたんです。好きな船があって、何人かの仲間がいれば、それでいい」

「キドニーには、仲間がいないようだ」

「仲間ですよ、あいつも。いや、同類ということなのかな。俺もあいつも、人を死なせすぎてしまった。だから、生き残った者同士、仲よくなんてわけにはいかないんです。それをやっちゃ、いけないんだ」

「つまらないものを、好んで背負いこみすぎている。以前の私なら、そう言っただろうと思うよ」

キドニーに、誰にも知られずひとりで腰かける岩があるように、川中もなにか持っているのかもしれない。その時の川中の表情は、やはりやりきれないほど暗いだろう。

「事は終盤に近づいているのかな」

「これからです。前哨戦《ぜんしょうせん》は静かなものだった。これから、いろいろ起きるでしょう。誰も死なせたくない。死なせれば、またなにか背負わなければならなくなる」

「厄介なもんだ、男ってのは」

「まったくです」

私は、キャビンの横にある梯子《はしご》から、アッパーブリッジに昇った。

マストがあり、旗が二枚出ている。それがなにを意味するのか、よくわからなかった。

高い場所から見ると、海はまったく違っていた。遠くの波の先端が風に吹き飛ばされて、白くなっているのもよく見える。

「船には強そうですね、先生」

土崎は、舵輪《だりん》をめまぐるしく回転させている。横波を食らわないように、船を操作しているようだ。

「酔ったんだがな、蒲生さんのボートでは」

「ほんとですかい。親父は、先生がケロリとしていて驚いた、と言ってましたぜ」

「帰りの話だ、それは」

「なるほどね。そんなもんなんだ。酔っちまうってのは、ちょっとしたことで、治るんだ」

「らしいな。私はそうだった。いまも、気分はなんともない」

「船乗りもやれるかもしれませんぜ」

「まあ、この歳《とし》からではな」

言うと、土崎は声をあげて笑った。怯えた小動物のようなひとりの男が乗っている。そんなことは、誰も気に止めた様子はなかった。

「船ってのは不思議なもんでね。手入れさえよくしてやりゃ、どんな無理でも聞いてくれる。俺《おり》ゃ、人間より好きだな」

「人間の女を好きになるというのは、馬鹿げたことかね？」

「人間の女を好きになって、どうにもならなくなって、人生やめちまおうなんて思った時、船って女を好きになるんですよ」

「私には、船を好きになる時間まではなさそうだな」

藤木が、小さな四角い蓋《ふた》を持ちあげて、前甲板に姿を現わした。いつの間にか、中に潜りこんでいたらしい。

土崎と、声ではなく仕草でなにかやり取りをした。土崎が頷く。

「この船を、尾行《つけ》てきてるやつはいねえ。藤木は、いまレーダーを覗《のぞ》いてたんでさ」

「なるほど。人の眼より確かなわけだ」

土崎が頷いた。私は、コックピットの後ろの椅子に腰を降ろした。

荒れているせいなのか、船の姿はほとんどなかった。水平線近くに、貨物船のものらしい船影があるだけだ。

川中があがってきて、舵輪の横の海図を覗きこんだ。飛沫《しぶき》や雨で濡《ぬ》らさないためか、ガラスの蓋が付いている。

「一時間ってとこかな」

「逆風じゃね。代りに、戻りは鉄砲玉みてえに飛べますぜ」

「風向きさえ変らなけりゃな」

返事をせず、土崎がめまぐるしく舵輪を回した。厄介な波がやってきたらしい。

「いつ見ても、鮮やかなもんだ」

川中が言った。土崎がにやりと笑う。

「先生、俺を雇いませんか。船を持ってみてえと、思ってなさるでしょう」

「しかしな」

「いいクルーがいりゃ、快適なもんですよ。月にひと箱のハバナ産で、金なんかいらねえけどな」

「それほど好きなら、と思うけどね。いま土崎さんにプレゼントしたら、蒲生の爺さんは臍《へそ》を曲げるだろう。私は、あの老人がなぜか好きでね」

「そりゃ、俺も好きです。親父に、一本でもハバナ産をやっときゃよかったな。ジャマイカ産しかやらなかったんでね」

「確かにハバナはいいが、なぜそうこだわるんだ？」

「アメリカじゃ、絶対に手に入らねえ。キューバとうまくねえでしょう。しかしアメリカ人は、ハバナの味をいやというほど知ってる。いいもんが手に入らねえ。これがつらくてね。価値っての、そんなもんでしょ」

「わかるがね。気にすればするほど、つらくなるだけだ」

「一生で、ハバナ産を何本喫《す》えるか。それが目的で生きてる。そんな言い方もしてみてえじゃないですか。川中の旦那や、秋山なんかと付き合ってると、気障《きざ》な科白《せりふ》をひとつ持ってねえとね」

「俺も気障かね、土崎さん？」

「午後六時に、シェイクしたドライ・マティニーを一杯だけ。気障のきわめつけですぜ」

藤木も、アッパーブリッジに昇ってきた。

川名はひとりきりということだろうか。

「玲子は、ほんとうに人を殺したのかね？」

「わかりませんね。川名は、それについてほんとうのことを知りません」

藤木が答えた。

「笠井に会えば、なにかわかりますよ、先生。神経質にはならんことです」

「私より、君たちの方がずっと老人だな、川中さん」

「大人と言ってくれませんか、先生。少なくとも、先生よりは」

川中が笑った。

子供でなければ、絵描きなどやっていられない。それは確かだ。大人というのは、余計なものまで見てしまう眼を持つことだ、と私は思っていた。

土崎が汽笛を鳴らした。遠くから、船がむかってくるのが見えた。漁船のようだが、土崎と知り合いなのかもしれない。

「こんな日に、漁をしようってやつがいるのか？」

「むこうも言ってますぜ、川中の旦那。こんな日に、土崎に船を出させるのはどんな男だってね？」

「どうせ、秋山だと思うさ」

川中が煙草をくわえ、ジッポで火をつけた。

24 敵

清水の港が、どうなっているのか私にはよくわからなかった。

貨物船と漁船が停泊しているのは、違う港のような感じだった。おまけに、大小の造船所もあるようだ。

「立てよ」

はじめて、川名にかけられた言葉だった。

弾《はじ》かれたように、川名が立ちあがる。藤木はそれ以上なにも言わなかったが、川名は大人しくキャビンを出て、後甲板に立った。

スーツは皺《しわ》もなくきちんとしていて、船の上では一番身ぎれいだった。心の中まで、すっきりしているというわけにはいかないのだろう。落ち着きのない川名の眼にあるのは、恐怖の色だけだった。

「笠井は、来てるようだな」

土崎が、アッパーブリッジから言った。

船が着いたのは、古い倉庫が並んだ岸壁だったが、人の姿はなかった。すでに使用されていない、岸壁と倉庫なのかもしれない。

車が三台、倉庫の間から出てきた。

笠井信太郎の顔を、私は真中の車の後部座席に確認した。

車が船のそばまで来て停止するのに、ずいぶん時間がかかったような気がした。

川中と私が、船から降りた。

車から出てきたのは、九人だった。ほかに運転席に残っているのが三人。恐怖はなかった。私は、じっと笠井の顔に眼を据えた。

「しばらくですな、先生」

笠井も、私と店で同席したことは憶えているのだろう。小柄な躰を、ぐっと反り返した。

私は、一度頷いてみせた。

「先生と私は、つまり下世話に言うと兄弟ってやつでしてね」

「そういう言い方は、好きになれないな」

「玲子は、大して金のかからん女だった。贅沢《ぜいたく》をしたがるわけでもなかったしね。いい娘だと思ってたが、とんでもないものを狙《ねら》っていたようだ」

「とんでもないものとは？」

「そっちのでかいのが、川中さんかね？」

私の問いには答えず、笠井が言った。

「うちの秘書が、迷惑をかけたようだね」

「使う人間を間違えるというのは、命取りですよ、笠井さん」

「確かに。君のことを調べて、ちょっとびっくりした。N市のやくざどころか、東京の連中も、君との関《かかわ》りは避けるそうじゃないか」

「そんなに、名は売っちゃいませんよ」

「知ってる人間は知ってる。そういう男が、怕《こわ》いもんだ」

「俺を、怕がってるようには見えませんがね」

「そう、理由がない。うちの秘書が迷惑をかけたことは謝るとしても、君を怕がらなきゃならん理由は、私にはなにもない」

「内田悦子、いや玲子を、捜しておられる」

「捜す必要があるからだ」

「それだけで、俺の敵ですよ」

「あれは、人を殺した。それだけなら警察に任せるが、私にとっては重要なものを持ち去ったのでね。篠村には、難しい仕事をさせていた。知ってるね。殺された男だ」

「それで？」

「玲子になにを聞いたか知らんが、私はあれが持ち去ったものを取り戻して、警察に引き渡すつもりだ」

「俺はこの五年間、彼女に会っちゃおらんよ」

「あれがN市に逃げてきてからも？」

「そう」

「信じられんね。君を頼ったとしか思えん。言っては悪いが、先生がその方面で頼りになるとは思えんし」

「ところが、ほんとうに会っていない」

「信じろと言うのかね」

「信じる信じないは、どうでもいい。俺は、彼女を助けてやるだけさ」

「なぜ？」

「あんたにそれを言っても、わかりゃせんだろう。世の中は、欲で動く人間だけとはかぎらんのだよ」

笠井は、ちょっと考える顔をした。まわりに立っている男たちは、ほとんど身動きひとつしない。それでも、笠井がひと言なにかいえば、すぐに飛びかかってくるだろう。訓練された犬という感じがする。

「先生は、いろいろ御存知でしょうな」

「いや」

「でも、玲子を連れ出された」

「旅行をしたい場所が、たまたま一致しただけの話でね」

「二人とも、とぼける気か。つまり、なにも言わず金を出せという意味だな」

「金はいらんよ」

「じゃ、なんだね？」

「なにもいらん。あんたから受け取るものは、なにもない。それを、ひと言だけ伝えておこうと思った」

「駆け引きはやめておこうじゃないか、川中さん」

「そんな気はない。と言ってみても、あんたには通じんか」

「たかが、女ひとりのことだろう」

「俺には、そう思えんのさ」

「私もだ」

私が言うと、笠井はちょっと笑った。

「玲子は、なかなかいい女でしたな。ベッドの中で恥らうのがいい。あれに露骨な恰好をさせると、いつも涙を流してね。それがなかなか刺激的なもんだった。ここにいるうちの二人が、そばに立って見てたことがある。あれは、眼をしっかり閉じて、涙だけいつまでも流し続けとった」

踏み出そうとした私を、川中が止めた。

まわりに立っていた男たちが、申し合わせたように一歩前へ出てきた。

「要求を聞こうじゃないか、川中」

「消えろ」

「なんだと？」

「俺たちの前から、消えろ。できりゃ、この世からな」

「ほう。ここにいる連中は、今朝の連中のように甘くないよ」

「殺したきゃ、殺すさ。勝手にしろ。心配しなくても、警察は、俺たちの動きを摑んでない。そのため、わざわざ船で来たんだ」

「殺されるために？」

「あんたを見るためさ。どれぐらい薄汚いのかな。安心したよ」

「それなりの、準備はできてるんだろうな。言っておくが、川名は人質になんかならんよ。どうなろうと、知ったことじゃない。虫ケラみたいなもんだ」

「本性が出るね、笠井さん。俺は、人質なんてやり方は好かん。返しに来ただけだよ」

川名が、船から降りてきた。

岸壁に立った時、ちょっとよろめき、それからゆっくりと歩いてくると、笠井に頭を下げた。

笠井は、無視していた。

「先生も、川中と一緒ですか？」

私は答えなかった。

「馬鹿な連中だ。大人しそうな顔をしていて、玲子はしたたかな女だぞ。大人が二人、頭から騙されおって」

「なにを言っても、無駄らしいな。金がすべてと思ってる」

「違うのかね？」

「あんたにとって、そうだというだけのことだ」

笠井の眼が、一瞬射抜くような光を放ってきた。私はそれを正視していた。

「先生も、芸術家じゃないね、いまは」

「いや、芸術家さ」

自分の顔に、自然に笑みが浮かび出していることに、私は気づいた。

笠井が、一歩退《さ》がった。

「やめとけ」

川中が言った。

「いまは、顔合わせだけさ。なにがあろうと、彼女は俺たちで守る。ちゃんと守れ。そう言われてててね」

「誰に？」

「俺の、心の中にいる連中さ」

「わからん男だ」

笠井が、もう一歩退がった。川中は動かなかった。

一番右にいたひとりが、動き出そうとした。同時に音が起きた。爆《は》ぜるような音だった。男が、呻《うめ》きをあげてうずくまる。踏み出した靴の真中から、血が噴き出している。

「四十メートルの距離で、一発もはずさずバドワイザーの缶を撃ち抜く。あの男の腕は、その程度だ。なにしろ、揺れる船の上から、鮫《さめ》の頭をぶち抜いていた男でね。フロリダでの話だが」

「こちらに、なにもないと思ってるのか」

「いや。それなりのものを用意しちゃいるだろう。俺はただ、あんたに教えてやっただけだよ」

「なにを？」

「五分五分だってことをさ。俺が、この中の誰かに撃たれた瞬間に、あんたの頭も吹っ飛ぶ。さっきのは、挨拶代りの二二口径だったが、次は三五七マグナムだぜ。もうひとりも、結構使える」

「おまえも、死ぬんだぞ」

「構わんさ。死んでもいいと思わなきゃ、薄汚い男の前には出れんよ。欲が断ち切れんで、あがいてるあんたは、死ぬのが怕いだろうな」

「はったりはやめろ、川中」

「そうかどうか、試してみろよ。俺は、博奕《ばくち》の運でも試すみたいに、気軽にここへ来てる。そんなことが好きなタイプでね」

靴を撃ち抜かれた男は、うずくまって身動きもしないまま、呻きだけあげている。

誰も、踏み出してこようとしなかった。

「行きましょうか、先生。挨拶はもう済んだ」

私は頷いた。

笠井に背をむけても、なにも起こらなかった。岸壁から、後甲板に乗り移る。川中は、落ち着いて舫いのロープを解いていた。

船が動き出した。

岸壁の一団は、立ち尽したまま見送っている。次第に小さくなってきた。

「拳銃《けんじゅう》なんて、びっくりしたでしょう、先生」

「正直なところ、あまり驚いてないことにびっくりしてる。ほんとなら、笠井の前に立っただけでも、膝《ひざ》がふるえてるようなタイプだと思うんだがね」

「まあ、拳銃はあります。使ったこともある。そういう人種ですよ、俺たちは」

「卑下してるようには聞えん。それが不思議だね」

「卑下してはいません。そういう人種だということを、教えてるだけで」

船のスピードがあがった。それでも、清水の港を出るまで、全開にはできないのだろう。

岸壁の三台の車が、走り去るのが見えた。

「提案がある」

「ほう、先生に」

「私はN市に戻ったら、玲子のいるビーチハウスへ行きたい」

「そばにいて、彼女を守ろうってわけですか?」

「いや」

「じゃ、なにを?」

「あそこで、絵を描きたい。ここの海の絵が、あそこなら描けそうな気がする」

キドニーが、ひとりきりで海を眺めるように、私も眺めるべきだろう。キドニーにとってのあの岩が、私にはビーチハウスではないのか。

「守る人間が、ひとり増えた、などとは思わないで貰いたい。自分は自分で守る、と大きなことも言わんよ。試してみたいんだ。川中さんがさっき言ったように、自分の運を気軽に試してみたい。それで、ちゃんとした絵が描けるのだという気もする」

「ビーチハウスね」

「私は、ここの海の絵を、玲子にやると約束した」

「ほう」

「よく考えれば、私にできるのは、絵を描くことだけだ。こんな場合に、暢気《のんき》なことを言い出したと思われるかもしれんが」

「いいでしょう。大木は、そろそろあそこを嗅ぎつけるかもしれん。そこで先生が絵を描いている。面白い図ではあるな」

「済まんな、勝手ばかりして」

「実は、あそこのビーチハウス、鼻側の四軒は俺の持物なんです。二束三文という言葉がぴったりでしたがね。彼女も、それと知らず俺の家にいるわけです」

「それじゃ、借りるのに支障はないわけだ」

「電気が通るようにしましょう。すぐにできるんです。ただし、彼女がいる隣りの家のね。彼女は、いまのままいて貰おう」

「私は、一種のカモフラージュになるわけだね」

「彼女を守るのも、まずは先生ですよ」

川中が笑った。

船は、港から出ようとしている。

25　画家の部屋

ジャガーのハンドルを左に切った。

松林の中の道だ。簡易舗装は、かなり傷んでいるが、やわらかなサスペンションが、震動は吸収していた。

「やっと、解放だな」

松林の中から坂井が出てきて、言った。

オートバイを引き出し、エンジンをかけた。後ろから付いてくるつもりのようだ。

「玲子は、どうしてる？」

「わかりませんが、もう三晩で、今夜で四晩目でしょう。頑張るもんだ。多分、情のきつい女なんでしょうね」

「どうかな。とにかく、彼女は私のジャガーを見ればわかる。少し遅れてきてくれないか。でないと、驚いて逃げ出すかもしれん」

「わかりました」

ブレーキを放した。ジャガーが静かに滑り出す。夕方で、すでに暗くなりかかっている。

その中で見ても、松林の中は廃屋のような家ばかりだった。

先端の、赤い屋根の家。

静かにジャガーを停《と》め、私は運転席を降りた。

しばらく、周囲はしんとしていた。風と波の音。

「玲子」

低く呼びかけた。

二度。まだ、ここにいるのか。いるはずだった。

「先生」

家の中から、小さな声が聞えた。

「私だ。ひとりだよ。後から、もうひとり来るがね」

ドアが開いた。

ジーンズにTシャツ。髪は後ろで束ねている。薄汚れ、疲れきった姿だった。

「街には、出ていかなかったのか？」

「県道沿いに、電話ボックスがひとつあります。一日に一回、歩いてそこまで行っただけです」

「私も、ここに住むことになってね」

電話を誰にかけたのか、訊《き》かなかった。確かに、道沿いに電話ボックスがポツンとひとつある。非常用のつもりなのかと思えるが、夏には需要が多いのかもしれない。

「住むって？」

「隣り同士さ。このあたり、川中さんが買っているらしい。借りたんだよ」

「でも、どうして？」

「絵を描《か》く場所が欲しくてね。忘れたのか。ここの海の絵を、おまえにプレゼントすると約束したじゃないか」

オートバイの音が聞えてきた。おびえたように私を見た玲子に、頷《うなず》いてみせた。

「彼は、道の入口のところで、ずっとおまえを見張っていたんだ。川中さんに命じられてね。私が住む家に、電気を通してくれることになってる」

オートバイにまたがったまま、坂井はヘルメットを取った。

「しばらくってほどじゃないな。先生が、ホテルでぶん殴られた時からだ。俺は、ずっと見てたけど。内田さんの話は、宇野さんから聞いたことがありますよ。お兄さんのことも一緒にね。なにしろ、うちの社長も専務も、そんなことは喋《しゃべ》らないもんで」

言うと、坂井はまたヘルメットを頭に持っていった。

「明るいうちに仕事を済ましちまいます。運ばなきゃならないものもあるし」

「私の車を使ってくれていい」

「ええ。とにかく電気だけはすぐにも」

坂井が走り去っていく。

「どういうことなの、先生？」

「だから、絵を描くのさ。おまえは、いままで通り、ここにいればいい。不便なところだけ、私のところに来なさい」

「そんなこと言っても」

「笠井という男に会ったよ」

「先生が？」

「あの男にならら、私は勝てそうだ」

「勝ってます、はじめから」

「私は、この家の隣りで、絵を描くよ。約束を果せそうだな」

「困るんです」

「なにが？」

「あたし、先生に約束を果せと言えるような女じゃない」

「私は、約束したよ」

なにか言おうとして、玲子は首を振った。眼《め》に盛りあがっていた水滴が、頰《ほお》にこぼれ落ちてきた。それを、玲子が掌《てのひら》で拭《ぬぐ》った。

爪《つめ》に、黒い垢《あか》が溜《たま》っている。それを、いけないとは言えなかった。

陽《ひ》が暮れてしまっていた。まだ完全な闇《やみ》ではないが、玲子の顔は黒ずんで、眼だけが白く光って見える。

隣りの家の明りが、松の枝の間から洩《も》れてきた。電気は、うまく繫《つな》がったらしい。

「私はあちらへ行く。おまえはもう中に入っていなさい。食事をしたければ、来るといい。あとで『レナ』のママさんが届けてくれる」

玲子の返事を待たず、私は車に乗りこんだ。ライトを点《つ》ける。松の幹が、光が当たったところだけ鮮やかに浮かび出した。

玲子がいるところより、いくらかましな家だった。風の当たらない場所なのかもしれない。それとも、明りがついているからか。

「掃除、手伝って貰《もら》えるだろうか？」

「手伝うというより、俺がやります。付き合ってる女がいて、どうせ暇だから細かいところはやらせますよ」

「それは悪い」

「先生は絵だけ描けばいい。社長はそう言ってます。怪我《けが》も治さなくちゃいけないし、肋骨《ろっこつ》、折ってるんでしょう？」

脇腹《わきばら》の痛みについては、誰にも話していなかった。仕草にそれが出ていたのだろうか。

「見ればわかるって、社長が言ってました。崖《がけ》で折ったんだろうって。俺はこれから、いるものを運んできます。車は、会社のライトバンを使いますから」

私が返事をするよりさきに、坂井は飛び出して行った。

埃《ほこり》っぽい家だった。電灯の下で見るから、なおさらそう思えるのかもしれない。空気は籠《こも》っていて、いやな匂《にお》いがした。

窓を開け放った。風が吹き抜けていく。それだけで、部屋の中はかなりきれいになったような感じだった。

台所とリビングが使えれば、充分だった。ほかの部屋には、ほとんど入ることもないだろう。車のトランクに積んだ、画材だけを一応運びこんだ。絵具の箱を持っただけで、やはり脇腹は痛んだ。大した痛みではない。痛みが軽くなったのか、馴《な》れたのか、自分でもよくわからなかった。

一時間ほどして、坂井がライトバンを乗りつけてきた。若い男女を連れている。

仕事は早かった。坂井の指示が、手際よかったのかもしれない。私がぼんやり立っている間に、掃除機がかけられ、雑巾《ぞうきん》がかけられていた。

「完璧《かんぺき》じゃありませんよ。細かいところの埃までは、とても一時間ほどじゃ無理です」

雑巾をかけながら、坂井が言う。ポリバケツを持って走り回っている女の子は、顎《あご》のさきから汗を滴らせていた。

「私が使うのは、せいぜいリビングと台所ぐらいだよ」

「まあ、一応同じ家の中ですから。蒲団《ふとん》は、ひと組しか持ってきてませんが、いいですか？」

「寝袋かなにかでよかった」

「できるかぎり、快適に。社長はそう思っているみたいです」

「絵さえ描ければ、私は快適なのさ」

トイレと風呂《ふろ》の掃除も、きれいにしてあった。女の子に急《せ》き立てられて動き回っている青年は、まだ二十歳《はたち》そこそこに見える。弟分です、とだけ坂井は紹介した。

冷蔵庫も運びこまれ、缶ジュースやビールや果物がつめこまれた。

三人が帰っていったのは、八時すぎだった。帰り際に、坂井は私にポケットベルを渡した。電話までは、すぐに開通させられないらしい。緊急の連絡は、私の自動車電話を使うことになった。ただ、いつも車の中にいるというわけにはいかない。

がらんとしたリビングに、イーゼルを立てた。それだけで、アトリエらしくなった。テレビン油と絵具。キャンバスは、十号が一枚と八号が二枚だ。

まず、八号をイーゼルにかけた。

車の停まる音がした。

「結構、住めるようになりますわね」

菜摘が入ってきた。

私は、パレットナイフを研いでいるところだった。ほとんど、刃のように研ぎあげる。そのためのオイルストーンも、道具箱の中に入れてある。

私の絵の中にあると言われている、鋭い線の切れ味は、多分剃刀《かみそり》のようなパレットナイフにあるのだろう。使い方を誤れば、すぐにキャンバスを傷つけてしまう。

「食事をお持ちしましたの。毎日、夕食だけは運んできます」

「ほんとは、それも必要ないんだが」

「その方が、逆にいいだろうということになりましたの。かえって目立った方が、玲子さんを隠すことになるだろうって。なにしろ、先生とあたしの仲ですもの」

「二人だけの時の冗談は、やめて欲しいな。赤面してしまう」

「彼女は？」

「むこうです。蠟燭《ろうそく》の光の中にいるだろうな。それも点けていないかもしれない」

「どうしてました？」

「浮浪児さながらでしたよ。この三日、風呂にも入っていなかったんでしょう」

「女も、覚悟を決めると、なかなかのものでしてよ」

「みたいですな」

菜摘が持ってきたのは、フライド・チキンとチーズとサラダだった。ドレッシングとパンは別にある。

「バターなんかは冷蔵庫だと、坂井くんが言ってましたが」

「構わんでください」

「構いますわ」

「ひとりには馴れてるんですよ。家内をなくして、二年半になりますんでね」

「ここへ来る間、車が一台尾行《つけ》てきました。さすがに、こっちまで入ってはきませんでしたけど。車を降りて歩いてくることは、充分考えられます」

「笠井のとこの連中かな？」

「警察ですわね」

「ほう」

「尾行の仕方というのがありますでしょう。ただ尾行《つけ》てくる。仕事って感じでしたわ」

「笠井のところの連中も、仕事だろう。雇われているわけだし」

「それから、カンもあるのかしら」

言って、菜摘が笑った。眼尻《めじり》の皺《しわ》が深くなる。それが悪い感じではなかった。

私は床に直《じか》に腰を降ろし、フライド・チキンに食らいついた。二人で食べる分は充分ある。味も悪くなかった。

「先生、気をつけてくださいね」

視線を床に落としたまま、何気ない口調で菜摘が言った。

「なにを？」

「こんな状態になって、絵を描こうとなさってる」

「言われりゃ、暢気《のんき》なもんだね。面倒にはすべて眼をつぶって、自分のやりたいことをしようとしている」

「そういうことじゃなくて」

菜摘の眼が、私にむいてきた。私は、口のまわりの脂を、左手の繃帯《ほうたい》で拭った。傷は塞《ふさ》がっている。もう繃帯は取った方がいいのかもしれない。

「とにかく、気をつけてください」

「わかってるよ」

菜摘が、なにを伝えようとしているのか、漠然とだがわかるような気がした。気をつけようはないのだ。私はただ、ここで絵を描き続ける。その間に、事態はいろいろ変っていくだろう。私は、玲子の置かれた状況にさえ、無関心であろうとしていた。絵を描きはじめれば、完全にそうなるに違いない。

「コニャックを、主人が持っていけと申しまして。オタールが一本入ってます。それで、酔い潰《つぶ》れてくださるようだといいんですけど」

「酔うよ。多分酔うと思う。酔い方まで、忘れちゃいない」

菜摘が、冷蔵庫からパック入りの牛乳を出してきた。グラスが二つ。そのひとつに、白い液体を注ぎこむ。

「安見が言ってましたわ。先生、クラスの男の子に似てるって」

「ほう、どういう子だろう?」

「先生の言うことを、決して聞かないんですって。問題児ね、要するに。ただ、勉強はできるらしいの。自分で決めたことだけしかやらない。そして時々、自分には一番苦しいことを決めたりする」

「似てるかな」

「顔が似てるんですって。先生が中学生のころは、きっとああいう顔をしてただろう、と言ってました。あたし、笑ってしまったけど」

「顔ね」

「中学生ですもの、安見はまだ」

「どこか、大人を感じさせる娘さんだがね」

「女の子って、そうなんですよ。自分が少女のころを思い出しても」

「御両親は？」

「いませんわ」

「そう」

私は、フライド・チキンを、ようやく胃に押しこんだ。牛乳と、チーズの載ったパン。それも、胃に押しこんだ。食欲がなくても、無理に胃に押しこんでしまう。絵を描く前、肉体よりも心が、食物を求めるようだ。

「キドニーは、私がここにいることは知ってるのかね？」

「坂井さんが知らせてるでしょう。もしかすると主人が。宇野さんは、誰ともほんとに親しくなろうとはしない人なの。親しいのは、川中さんぐらいでしょう」

「親しいくせに、憎み合ってる。キドニーはそう言ってたがね」

「たとえば、宇野さんがとても危険な立場に立たされる。川中さん、どうすると思います？」

「助けるだろうな。逆の場合でも」

「男同士って、それを親しいと言うんじゃないかしら」

私が食べ散らかしたものを、菜摘は手早く片付けはじめた。ひとり分は、しっかり残してあるようだ。

「このあと、警察の連中は来るだろうか？」

「さあ。ただ、見張るとすれば、道の入口のところでしょう。坂井くんがいたあたり。夜中に、闇に紛れて隣りへ行っても、誰にも気づかれないと思います」

しばらく、菜摘は出ていこうとしなかった。思わせぶりな時間。それは、玲子を包みこむ保護の時間でもある。

私はシガーボックスを開け、ダビドフのシャトー・ラフィットを一本取り出した。ボックス給湿器には、まだ充分水が入っている。

「いい匂い」

ちょっと眼を閉じて、菜摘が言う。

風が、松の枝を騒がせていた。

26　戦場の娘

明りを消した。

午前二時をちょっと回ったところだ。

この家の明りが消えたことを、玲子は見ているだろうか。行こうと思えば、すぐに行ける距離だ。見張られている可能性はある。その可能性が一番高いのが、多分今夜だろう。

玲子の方からは、こちらへ来ないだろう、という予感はあった。私がここにいることが、彼女の耐えなければならないものを大きくするとしても、仕方がないことだ。

眠った。コニャックを呷《あお》ったので、眠りは意外に早くやってきた。制作に入ると、神経が鋭敏になって、眠れない場合が多い。穏やかな気分でいる自分が、不思議なくらいだった。

眼醒《めざ》めた時、窓の外は明るくなっていた。

私は窓を開け放ち、顔を洗った。髭《ひげ》は当たらなかった。掌の傷が、無精髭で擦れたが、痛みというほどのものはない。繃帯は、もう必要なさそうだった。

髪に濡《ぬ》れた櫛《くし》を入れた。制作に入った時の私の身だしなみは、いつもその程度だ。

ブルーのシャツとズボン。外へ出た。玲子は、私の姿を見ているだろう。ほかにも、多分見ているものがいるだろう。

散歩だった。自宅にいる時は、それが習慣になっている。

凪《なぎ》の時刻だ。松の枝は静かで、波の音も心なしか遠かった。玲子の海。川中やキドニーの海。蒲生老人や土崎の海。いや、いまこそ私自身の海になりつつある。

鳥が啼《な》いていた。海猫のような鳥ではない。小鳥だろう。陽が射《さ》しては、雲が遮っていく。きのうから、天気は崩れ気味だ。

家のそばを通りながら歩いた。どこにも、人は来ていないようだ。およそ、二十軒くらいのものか。

しばらく歩くと、道は一本になった。それを真直《まっす》ぐ行けば、表の通りに出る。誰かが見張っているとすれば、この道なのか。崖を使わないかぎり、ここに出入りする人間を見逃すことはない。

表の通りまで、歩いて十分ほどのものだった。その道を右へ少し行けば、玲子が一日に一度行ったという、電話ボックスがある。

私はそこまで行かず、来た道を引き返した。やはり、人の気配は感じられない。人の気配など感じないのに、尾行《つけ》られていたことさえあった。ものかげに潜んでいる人間なら、なおさらわかりはしないだろう。

自分の絵のことを、考えた。それ以外の細かなことは、考えれば考えるほど、複雑になっていく。人間のあり方など、ほんとうは単純なのだ。生きて、喜び、悲しむ。生きることとそのものが、単純と言ってよかった。

わからない部分を、不安に感じる。その不安が、思考を錯綜《さくそう》させる。人間のあり方は、頭の中だけが複雑なのだ。

家へ戻ってくると、私は冷蔵庫の牛乳とパンで、簡単な朝食を摂《と》った。

すぐに、キャンバスにむかう。

すでに、木炭で線がいくつも引いてあった。それを消し、また新しい線を描きこむ。スケッチはなかった。いま、私は私の心の中をスケッチしていると言ってよかった。

海が現われてきた。私の海であり、玲子の海。それは、私の眼の中に現われただけで、キャンバスに描き出されてはいない。

熱中していた。玲子が隣りの家にいることさえ、私は忘れていた。

白いキャンバスが、ほとんど黒くなっていた。気づいた時、午後二時を回っていた。

外へ出た。岬の鼻まで歩き、海からの空気を吸った。

玲子は、私を見ているだろうか。外へ一歩踏み出すたびに、必ずそう思う。

家へ戻ってきた。

テレビン油を用意し、パレットの上に絵具を出す。

パレットナイフに少量の絵具を取り、薄く線をなぞっていく。色の帯。生きているか。

完成した時は別の色で塗りこめられているこの色の帯にも、命は必要だった。そんな線などを引かなくても、いきなりきれいな色を載せていくことはできる。そして、きれいな絵ができる。すべてが技術だ。

私は、技術者ではなかった。表現したいものがあるからこそ、いまこうしてパレットナイフを握っている。

すぐ後ろで声がした。

大木だった。

「何度も、声をかけたんだがね。ゴソゴソ音はしているのに、誰も出てこない。それで、あがってきましてね。自分には、無断で家に入る趣味はありませんで」

「邪魔だね」

「えっ」

「邪魔だと言ってる」

「しかし、先生がこんなところに来たんじゃ、自分としても様子を見ないわけにはいきませんでね」

「見た通りだ。私は、絵を描きはじめた」

「わかってますよ、そりゃ。川中氏も、絵を描くために、ここを貸したと言ってましたしね」

「出ていけ」

「先生。自分はなにも」

「邪魔だと言ってるだろう」

パレットを、私は大木にむかって投げつけていた。

「やめとけ、遠山」

意外な敏捷《びんしょう》さでかわし、大木が言った。

投げつけたパレットに、私は駈《か》け寄った。潰れ、拡《ひろ》がってしまった絵具を、パレットナイフでこそぎ落とす。何度も何度もこそぎ、テレビン油で拭った。

じっと見ている大木と、眼が合った。次の瞬間、大木は眼を伏せた。

「ほんとに、絵を描いておられるんですか」

「見てわからないか？」

低く沈んだ声が、自分の声ではないような気がした。パレットとパレットナイフを床に置く。大木が、大きく息をついた。私は落ち着きはじめていた。

「邪魔しちまいましたね」

「こっちこそ、乱暴なことをした」

「いや、邪魔でしたよ。先生が、絵具をこそぎ落としてる姿を見ていて、自分はそう思いました。絵を描くってのも、大変なことなんですね」

「まだ、ほんとにとりかかっちゃいない」

「帰った方がいいですか？」

「いいよ。用事なら言いたまえ」

「自分は、内田悦子の逮捕状を持って追っておりますが、ほんとうに逮捕しようと思ってるわけじゃありませんで。逮捕に名を借りた保護。それですよ」

「どういうことかな？」

「篠村という男が、東京で殺された。多分御存知だろうと思うんですがね。状況証拠は、内田悦子を指しております。それだけが、令状の根拠でして」

「だから？」

「もっと大きな魚を、自分は狙《ねら》っているんですよ」

大木が、ハイライトに火をつけた。その仕草を、私は黙って見ていた。

「怕《こわ》い眼ですね。人殺しでも、そんな眼、してないですよ」

「私は、殺人犯以下かね」

「そんなんじゃなく、画家の先生も、大変なんだと思いましてね。仕事が大変っていうより、人間として大変なんだ」

「刑事であろうが、酒場の主人であろうが、同じだと思うね」

「芸術家は、大変ですわ、ほかと較《くら》べて。ここまででいい、なんて線はないでしょうしね。

先生の眼を見て、そう思いました」

「君の仕事も、大変そうじゃないか」

「自分は機動隊あがりで、捜一に行けたのは運がいい方です。本庁の捜一ですから」

「そうだろうね」

「つまり、躰《からだ》で勝負してるようなもんでしてね。ほかの連中より、タフだったってだけのことです」

「捜査一課は、頭も使うんじゃないのかね？」

「大した使い方じゃありません」

大木が、床の灰皿を拾いあげて、ハイライトを揉《も》み消した。

「自分は、これで」

「用事じゃなかったのかね？」

「済みました、もう」

「そうかね。もう、はじめていいのかね？」

「はい。自分はこれで失礼しますんで」

大木が出ていった。

玲子がいないかどうか、確かめにきたのだ。しばらくしてそう思った。気にはしなかった。大木がほんとうに出ていったかどうかも確かめずに、私はパレットを持った。

パレットをなぜ投げつけたのか、自分でもわからなかった。ある激しさが、躰の底にこみあげている。それが、と思うしかなかった。

若いころ、妻に声をかけられて、よく物を投げつけたものだ。それが、ここ十年ほどまったくなくなっていた。

菜摘がやってきたのは、六時だった。

キャンバスにちょっと眼をくれ、すぐに運んできた食事を出した。鍋《なべ》がひとつあり、それは台所のガス台にかけられた。

「玲子さんと、お会いになりました?」

「いや。この家に入る前に、ここで絵を描いてると伝えただけでね」

「多分そうだろうと、川中さんと主人が話しておりました。男の人って、男の気持はわかるものなのかしら」

「人によるだろうと思うね」

「先生と、うちの男の人たち、理解し合ってるってわけですわね」

「かもしれん」

食事を待つのが、もどかしかった。食欲があるというのではないが、躰が食物を求めている。

「あたし、玲子さんにも食事を運んできますわ。先生、一緒に行ってくださるといいんだけど。なにしろ、初対面ですし」

「川中さんに、そうしろとでも言われたのかね」

言って、私は頷いた。

玲子は、この四日、まともな食事はしていないはずだ。

「よかった。サンドウィッチを作ってきたんです。飲物と一緒に持っていくわ」

「二時すぎに、大木が来たよ」

「知ってます。もう、ここの張り込みは解いたみたいですわ。なぜかわからないけど、先生と会ってそういう気になったみたい」

菜摘が、バスケットを抱えあげた。ピクニックにでも出かけるようだ、と私は思った。

「玲子さんと行き来しても、あまり危険はありませんのよ、もう。警察は、川中さんに貼《は》り付いたみたいだし」

「街は、騒がしいというわけか」

外に出た。陽が暮れかかっている。

松の間を縫うようにして、玲子の家の前まで行った。

「先生」

低い声とともに、ドアが開いた。

「秋山さんだ。私に、食事を運んできてくださっている。おまえにも、お裾分《すそわ》けをしようと思ってね」

「食料は、一週間分買ってあります」

「せっかくだから、頂戴《ちょうだい》しようじゃないか。いまのところ、騒々しいのは街の方だけらしいし」

「そうなんですか」

玲子の顔は、黒ずんでいて頬がこけていた。それでも、みすぼらしくも惨めでもない、と私は思った。

菜摘が、にこりと笑ってバスケットを差し出した。

「練習ですのよ、悪いけど。うちの娘が、これから試験の時は夜食が欲しいって言うの。その練習で作ってみたわ」

その言い方が、玲子の気持をいくらか楽にしたようだった。爪に黒い垢の溜った手を出し、受け取った。

「あたし、鍋をかけっ放しですから」

菜摘が戻っていく。

私と玲子。しばらく無言でむき合っていた。顔の中で、やはり眼だけが白い。私は、ちょっと笑いかけた。玲子の笑みは、戻ってこなかった。

「先生がいる、そう思って、明りを見てました。先生がいるんだって」

「そうだ、私がいて、絵を描いてる」

「事情、どうして訊かないんですか?」

「必要ないからさ」

「先生に訊かれれば、あたし喋るかもしれない。そして、聞くと軽蔑《けいべつ》するわ」

「しないね」

「どうして、そう言えるの」

「絵を描いてる時、私は生きている。叫び出したいくらい、生きている。それは実に久しぶりのことでね。そうしてくれた相手を、どうして軽蔑するんだね」

「そうしたって?」

「おまえのために、描いてる絵だ」

玲子が、眼を伏せた。バスケットを抱えた腕が、かすかにふるえている。

「おまえがここにいる間、私はあそこで絵を描いている。生きているよ」

「かなしい」

「なにが?」

「自分が」

「そういうものさ。人を愛した時は、なぜかそういうものだ」

玲子の肩に、軽く手を触れた。玲子の全身が、ピクリと動いた。

それで、いまは充分だった。私は頷いて、踵《きびす》を返した。もう、松の枝の間から明りが洩れている。

「まるで戦場の娘ですね。汚れていて、必死で、そして誇り高くて。会えてよかった、とあたし思いましたわ」

菜摘が言った。

シチューが、皿で湯気をたてている。

27 豆乳

キドニーがやってきた。

シトロエンCXパラス。このあたりでは、あまり見かけない車だ。ブルー・メタリックの塗装も、私の好みに合っている。

「街じゃ滅多に運転しませんのでね。俺が運転できないと思ってるやつが多い」

「怕《こわ》いんだろう、ほんとうは」

まだ早朝だった。キドニーは、あの岩へ行って夜明けの海を見ていたのかもしれない。

「腎臓《じんぞう》を二つ駄目にしたの、車でしたからね。最初に乗りこんだ時は、どうしてもサイドブレーキを解除できなかった。トロトロと走りはじめたのが三日目で、いまでも街で乗ろうとは思いませんね」

キドニーの岩へ行く脇道に、轍《わだち》を刻んだのはこのシトロエンなのだろうか。

キドニーが、胸のポケットからパイプを抜くと、火をつけた。顔はむくんでいる。透析の前なのかもしれない。

「街は、大騒動ですよ」

「きのう、秋山の奥さんから聞いた」

「五、六十人って人間が、街に入りこんで川中エンタープライズと対立している。一種の戦争状態ですな。街のちゃちな組織も、今度こそ川中は駄目だろうと見当をつけて、笠井に味方してますよ」

「そんなにか？」

「まあ、深く潜行してるわけで、一部の人間にしか大騒ぎだってことはわかってませんでね。俺は高みの見物です」

「川中さんは、大丈夫なのか？」

「あの男が潰れるのは、命が惜しくなった時でしょう。ところが、惜しいなんて、露ほども思わん男になっちまってるんだから」

「川中さんも、命は惜しいと思うよ」

「ほとんど、騒ぎを愉《たの》しんでいるように、俺には思えますがね。いつも、巻きこまれた恰《かっ》好《こう》だが、本人にその気がなけりゃ、巻きこまれることもないんですよ。俺みたいにね」

「君も、巻きこまれてはいるさ」

「見る角度の問題ですな。ところで、ここの居心地は？」

「快適だね」

「川中の持物だそうですね、このあたり。不動産屋も、知りませんでしたよ。そこに、内田悦子が逃げこんだだか」

「因縁というやつさ。彼女は、川中さんや君に縁があった」

「迷惑だ、なんて思ってませんよ」

濃い煙を吐いて、キドニーが笑った。

私の絵にちょっと眼をやり、ポケットを探ってハンカチを出した。汗の分泌は、普通の人間より多いのかもしれない。黒々とした頭髪から、汗が流れ落ちている。

「笠井信太郎と悦子、いや玲子との関係が、少しずつわかってきましてね」

私には、大して関心はなかった。なにを聞いても、驚かないだろう、とも思った。

「四年前、玲子が二十歳の時に、恋人が死んでます。フィリピンでね。それが、笠井商事の社員だったんですよ」

「勿論《もちろん》、笠井は日本にいたわけだろう？」

「まあ、そうですね」

「しかし、キナ臭い匂いはある。そういうことだね」

「話の先取りはしないでくださいよ、先生」

「なんとなく、想像してみただけさ」

「俺は、俺の情報網を使って、かなり念入りの調査をしたんですからね」

「悪かった。絵を描きはじめると、なにもかもが単純に見えてきてね」

キドニーが、また汗を拭った。

朝の凪の時刻は終り、松の枝が騒ぎはじめている。

「今度のケースが、似てるんですよ。篠村という男が殺されたのは、日本でしたがね」

「似てるというと？」

「玲子の昔の恋人と、篠村の笠井商事内部の立場が、まず似ている。二人とも、フィリピンの担当でね。木材の買い付けなんて、表面的な仕事だった可能性が強い」

「麻薬かなにかを運んでいたとか」

「そういう話に、してしまいたいですか？」

「そうだね。わかりやすい方がいい」

「わかりました。人を運んでいたんですよ」

「フィリピンの女たちを、日本に連れてきて働かせる、というあれだね」

「それもやってましたが、非合法のやり方じゃなかったみたいです。女たちは、笠井の経営している飲食店で働いてますね」

「木材と女か」

「それから、日本人。犯罪者なんかが、海外逃亡をするルートってやつが、いくつもあるんですよ。笠井のような実業家が、なぜそんなルートを持ってたのか、はじめはわからなかった。要するに、逆だったわけですよ。実業家がルートを持ったわけでなく、ルートで金を儲《もう》けてる男が、実業家になった」

「それで？」

「玲子は多分、恋人の死に方に疑問を持ったんでしょうね。それで、笠井がよく現われる銀座のクラブに就職した。笠井が玲子を口説《くど》き落とすまで、一年近くかかってます。あまり金はかけさせず、時間はかけさせた。これが、玲子という女の性格を物語っているのなら、俺もいいと思いますが」

「違うのかね？」

「決して笠井を受け入れなかった、というのなら性格でしょうがね。結局は、ただの女以上のものになろうとした。そういうことでしょう。それで笠井のなにかを摑《つか》めると思ったんでしょうね」

私は、冷蔵庫から、パンと昨夜の残りのサラダを出した。キドニーは、厚目に切ったフランスパンをひとつとり、小鳥が啄《ついば》むように指さきでちょっとつまむと、口に入れる仕草をくり返した。

およその、見当はついてきた。玲子がやったことを、なにがなんでも知りたい、とは思っていなかった。しかし、関心がないというわけでもない。ただ、人は変るのだ。一日でも、一時間でも変る。そしてまた、決して変らない部分もある。

「笠井は、甘い男じゃない。女を仕事のことに立ち入らせたりは、ほとんどしないですよ。玲子が、唯一知り得たのが、昔の恋人と同じ立場にいる篠村という男だったんでしょう。俺の推測ですがね、篠村の立場の男は、時期が来れば消される。あるいは、フィリピンとかに行きっきりになって、現地の人間になっていく。三年か四年で交代。それが一番順当なとこだと思います」

「篠村という男、日本で殺されてるじゃないか。フィリピンででも殺せばいいのに」

「急ぐ理由があったんでしょう。警察が、ルートを解明しかかっていた、ということも考えられるし。それで、殺された。そこまでは、読めたんですがね」

「玲子が、どこから絡んでるか、ということだね？」

「殺したはいいが、まずいことがあった。その鍵《かぎ》を握ってるのが彼女でしょう。笠井を脅迫したという可能性が濃厚でね」

「この街へ逃げてきたのは？」

「川中を巻きこむつもりだったか、助けて貰うつもりだったか、あるいは、ただなんとなく引きつけられてこの土地へやってきたか。人間っての、そういう場合の行動は、説明がつかないことがよくありましてね。逃げる時、先生を誘ったというのも、その時点では彼女は説明できなかったでしょう。いまは、よくわかったでしょうけど」

「そうかな？」

「ホテルで、先生が殴られて、自分の気持がよくわかったんじゃないかと思いますよ。それで、ビーチハウスに籠った。その間も、脅迫は続けていた気配ですがね」

「私は、あまり具体的なことは、考えていない。捨てたくても捨てきれないなにかを、人間は持ってしまうことがあるものだ。君や川中さんもそうさ」

サラダは平らげてしまった。器の底のドレッシングを、パンにしみこませて口に入れる。すべて、立ったままだった。キドニーは、相変らずフランスパンの柔らかい部分だけを、啄んでいる。

「彼女が、いま先生を好きだということを、確認したくはありませんか？」

「思わないな。考えたこともない」

「いいんですか、それで」

「私が彼女を好きだ。それが確認できただけで、充分だね」

「男が、そんなふうな気持になれることもあるんですか？」

「君が私の年齢になれば、実感することもあるかもしれない。若いころは、生きることそのものが、すべてを確認させると信じきっていた。それはそれで、多分真実なんだ。五十を越えてくるとね、なかなかそんなふうには生きられなくなる」

「余生だ。そう思って生きてきましたよ、俺は。あのごついキドニー・ブロー以来ね」

「そう思いこませようとしていた。無意識にね」

「厳しい言い方ですね。だけど、そうかもしれない。土壇場では、命に執着しますから」

キドニーが笑った。

私は、冷蔵庫の扉を開けた。パック入りの豆乳を見せると、キドニーが頷く。

「牛乳よりも豆乳を。日常生活でも、命に執着しているのかな、俺は」

風が、さらに強くなっていた。雨もいくらか混じりはじめたのかもしれない。そろそろ残暑が終り、台風のひとつも上陸してくるという季節だ。

「描いてるんですね、ほんとに」

キャンバスに眼をやって、キドニーが言った。八号のキャンバスには、群青の海が拡がっている。というより、群青一色と言った方がいいのかもしれない。見方によっては、海に見えさえもしないのだ。

「実は、俺は絵が好きでしてね。川中の店にかけてある若い画家のものも、俺が買えと勧めたんですよ。川中と、こうなる前のことですがね」

「なかなかの眼をしてるじゃないか」

「先生のものも、候補に入ってたんですよ。候補にするのは、自由ですからね。値を聞くと、手が出ないんだよな」

「大部分は、私でなく画商が儲けてるのさ」

「そんなもんでしょうね」

キドニーは、ストローを突き刺した豆乳を片手に持ち、ちょっと離れてキャンバスに眼をやった。パーティの会場で、酒のグラスを片手に絵を眺めているという恰好だ。

「昔は、もっときれいな絵でしたよね」

「絵を技術という点から眺めれば、私はあそこが行き止まりだったんだろう」

「技術以外のなにか。不思議なもんだよな。絵は、年齢が逆行して、若々しくなることもあるんだ」

「肉体は、そうはいかんがね」

「懐しいような気がします。この絵ですけどね。どこかで見た海という感じがある」

「君が、あの岩に腰かけて眺めている海でもある。川中さんが船で走り回り、私が玲子に連れてこられた海でもある」

「予約できませんか。いまなら、俺もなんとか先生の絵でも買えると思います」

「売るつもりで、描いちゃいない」

「わかってますが、欲しければ、金を積むしか方法がないじゃないですか」

「売らんよ。この絵は、破っちまうんだ」

「破る？」

「私の描きたい海は、まだ見えてない。ただ、これを一枚描くことで、少しずつ見えはじめてきたがね。絵具を載せる。そのたびに海が広くなっていく」

「頼んでも、駄目だろうな。そこの崖を、闇夜に登った人だ」

やはり、雨がパラつきはじめているようだった。窓のガラスを打つ音が、時折大きくなる。

「台風が接近している、というニュースでもあったかね？」

「いや」

「じゃ、ただの雨か」

私は、窓際に立って、外を眺めた。

雨は、まだ大してひどくない。雲の流れだけは、速いようだ。

「本降りになる前に、帰ります」

キドニーが出ていった。片手には、豆乳を持ったままだ。

ブルーのシトロエンCXパラスが走り去るのを、私は窓から見送った。それから、キャンバスを降ろし、十号の新しいものとかけ替えた。

28
雨

二枚目は、デッサンもそれほど必要ではなかった。白いキャンバスに、木炭で何本か線を引いただけで、すぐに色を載せはじめた。群青。そこへ行く。濃く塗るのではない。キャンバスの地が透けるほどに、薄く塗る。それからさらに、絵具を載せていく。

雨は、いっそうひどくなってきた。

台風という感じだが、風が強いのは岬の鼻だけなのかもしれない。

四時間ほど、私はキャンバスに色をつけることに没頭していた。私の情念そのものが、塗りこめられている。

疲労はほとんど感じていなかった。感じていないだけだ。どんなに若いころでも、五時間描き続けると、ひと息入れた。疲労は、一歩遅れてやってくるのだ。

窓際に立って、雨を見ていた。松の枝は、横というより、上下に揺れているように見える。岬のところは、風が複雑な巻き方をするのかもしれない。本格的な台風だと、外にも出られないような状態になるだろう。

小一時間、私は外を眺めていた。昼食を摂ってもいい時間だが、冷蔵庫は開けなかった。一日に二食で、充分な年齢だ。

不意に、白い姿を雨の中に発見した。それがなんなのか、私にはすぐにわかった。玲子だ。しかも裸だった。

風呂にも入っていないから。そうは思わなかった。どうしても入りたければ、深夜こちらの家に忍んで来ることは難しくなかった。

雨に打たれながら、玲子は自分の躰から、別のものを洗い流そうとしているようにさえ、私には見えた。

気づくと、玲子の躰は、いつの間にかまた家の中に消えた。

私は、五本あるパレットナイフを、オイルストーンで研ぎはじめた。すでに、剃刀《かみそり》のような切れ味に、研ぎあげてある。それを、入念にもう一度研ぐ。私自身の内部のなにかを、研ぎ澄まそうとしているようだった。

キャンバスにむかった。

夕方、菜摘が現われるまで、私は時間が経《た》つのを忘れていた。

「こんな雨だっていうのに」

「あら、先生。雨は、三時ごろはあがってしまいましたわよ」

「ほう、そうだったか」

「雲が割れて、陽まで射してきたのに」

呆《あき》れたように、菜摘が笑った。

キャンバスの絵具は、もうかなり厚くなっていた。それも、改めて見てみるまで気づかなかった。

絵は、描くのではなく、描かれていく。私の中のなにかが、描かせてしまう。

「川中さんのところ、雨の中で二度も襲われたみたい」

「あの男は、死なないだろう」

街の出来事は、遠かった。いまの私には、十号のキャンバスがあるだけだ。片手で持てるほどのキャンバスだが、街よりもずっと広い。

「誰もが、そう思ってます」

「そういうやつにかぎって、死ぬかもしれんね」

「警察との三ツ巴《どもえ》に持ちこんだみたいなの。主人なんか、ホテルで張りきって待ってますわ」

「秋山さんも？」

「ところが、誰も来ないんですよ。何度も、出かけていくって川中さんに電話してたけど、そのたびに止められて。うちからは、土崎さんが船を出してるでしょう」

「男というのは、馬鹿ばかりだと思うかね？」

「思えば、結婚なんかしてません」

「そうか」

私は笑って、床に腰を降ろした。菜摘が、ガスで温めたスープを持ってくる。

「女は、女なりに馬鹿ですのよ、先生」

「お互い、かなしい馬鹿か」

ローストビーフだった。昼食を抜いていたので、激しい食欲に襲われた。

「玲子さんのところへも、持っていきます」

「頼むよ。私が付いていくことはないだろう？」

「会いたくないんですの？」

「会いたいとは思う。しかし、私はここにいるんだから」

「彼女が会いたがっていない。だからここへ来ないってわけですのね」

「そう思ってるよ。私が会いたくても、会いに行っちゃいけないんだとね」

菜摘が、小さなバスケットを持ちあげた。安見が、前に使っていたものが、いくつかあるのかもしれない。

ローストビーフを口に押しこみ、牛乳で呑《の》み下した。ほんとうは、ワインでも欲しいところだった。高くはなくてもいい。ボルドーの、渋味のあるワインで、口の中をさっぱりさせたい。

ワインを飲む時、パンを少し口に入れるのは、舌の上の水分を取ってしまうためだ。それで、味覚が鋭くなる。

心には、いま私はパンを持っていた。

外の風は、おだやかになっている。松の枝も、大人しくしている。激しい風雨が嘘《うそ》のようだった。

見る間に、皿の上のローストビーフが減っていった。野菜も、途中から口に入れた。こういう時の私は、若い者にも負けない食欲を持っている。

菜摘が戻ってきた。バスケットは持ったままで、それを床の敷物の端に置いた。

「あたし、これで帰りますわ」

「食べ物を、いらんと言ったのかね？」

「きのうのサンドウィッチは、食べていないそうです」

「気を悪くしないでやってくれ」

「逆ですわ。とにかく、あたし帰ります。彼女が、いまここへ来ますから」

「玲子が？」

「行っていいだろうか、と訊かれたんです。先生に訊いてみてくれと。さっき、そんな話をしましたわね。だから、あたし独断で答えましたわ。先生はいつも待っていらっしゃるって」

「わかった」

私は頷いた。

雨の中で、なにかを洗い流そうとしているような、玲子の躰を思い浮かべた。

食器をそのままにして、菜摘が出ていった。

私は、ロメオ・アンド・ジュリエットの吸口を切って、火をつけた。香りが、躰を包んでくる。ポットの中には、コーヒーがあった。豆から薄皮をきれいに剝《は》ぎとった、『レナ』のコーヒーだった。

吸口を、ちょっとだけコーヒーにつける。香りが、微妙に変化してくる。ウイスキーにつけても、コニャックにつけてもいい。そうやって吸口を濡らすのが、私は好きだった。

待つという気持はなかった。

来ると言っても、ほんとうはその気はなかったのかもしれない。来たら受け入れる。それだけでいいのだ。

玄関が開いたようだった。

私は腰をあげた。

玲子。立っていた。髪が風にほつれたようで、顔にかかっている。

「あがりなさい」

そう言って、私はリビングへ戻った。

しばらくして、玲子がやってきた。

「ごめんなさい。勝手なことばかりして」

「構わないさ。おまえがいると、助かる。ここを片付けなきゃならなかったんでね」

「やめたんです」

「ほう」

「あたし、笠井の女で、それでも大してお金の世話になったわけじゃないし、恥しいところはないと思ってました。笠井という男を、許せなかった。お金なんかと違う、別の目的で笠井のところへ行ったんです」

「話す必要はないんだよ」

「四年前、好きな人がいました。どの程度好きだったのか、実はよくわからなかった。でも、その時付き合ってた、ただひとりの男だったわ。はじめての男でもあった。殺されるって、怯《おび》えはじめたんです。笠井に殺されるってね。そして、実際殺されました」

「よした方が、よくはないか」

「喋らなくちゃならないことだわ」

「好きにするさ」

私は、ちょっと腰をずらして、窓の下の壁に背を凭《もた》せた。玲子は、床に正坐《せいざ》している。

「自分にとって大事な人間が、次々に殺されていく。あたしはそんな女なんだって、自分で思いました。そして、笠井という男が許せなくなった。一度は、勤めていた会社をやめて、新潟の方へ行ったんです。でも、息を引くようにじっとして生きてても、やっぱり笠井が許せなくなった」

私は、葉巻の煙をゆっくりと吐き出した。

玲子が、何度も顔にかかる髪をかきあげた。爪の黒い垢は、落ちていた。

「東京に戻ってきて、銀座の店に勤めたんです。どこの店に笠井が行くか、よく彼から聞かされていましたから」

「そこへ、私も行った」

「先生に会った時、私は笠井の女でした。でも自由だと思ってた。お金で縛られてはいなかったから。笠井は、それが気に入らなくて、ずいぶんあたしにひどいことをしたわ」

「そんなことまで、言わなくていい」

「具体的には、とても言えないことです。あたしは、ただ許せなかったんです。兄が殺されたことも、親代りだった人が殺されたのも、それから恋人が殺されたことも。自分の満たされないものの全部が、笠井という対象を見つけたんです」

玲子はしばらく黙り、Tシャツの裾《すそ》に指をやっていた。ジーンズに較べて、Tシャツは真新しかった。

葉巻を、途中で揉み消した。いつもならやらないことだ。次に火をつけた時、辛くなっている。もう一度、火をつけようという気はなかった。折るようにして消した。

「篠村という人と、知り合いになりましたわ。笠井の部下で、死んだ彼と同じような仕事をしてたから。篠村さんは、私を好きになって結婚を申しこんできました。でも、特別な関係じゃありませんでした」

「殺された人だな」

「殺したのは、あたしじゃありません。殺されるかもしれないと思って、お部屋に駈けつけた時は、死んでたんです。何度も、お部屋には行きましたわ。乱暴なことは、しようとしなかった。紳士だったんだわ、笠井の部下とは思えないぐらい」

「それから、私を旅行に誘ったんだね？」

「篠村さんから、預かってたものがありました。それは、笠井の命取りになりそうなものだった。それを持って、逃げようと思ったんです。なぜ先生を誘ったのか、よくわかりませんでした。ひとりで逃げたら、先生とそれっきりになってしまう。そんな気持だったのが、しばらくしてわかりました」

「もういいよ」

「この街に来たの、なんとなくです。でも、社長は、川中さんは、あたしを助けて当然だって気持もありました」

「現に、助けてるよ」

「そんな人です。昔から」

「それで、これからどうする気かね？」

「やめました」

「なにを」

「自分が満たされないのを、全部他人のせいにしてしまうの。あたし、笠井を脅迫してたんです。お金はどうでもよかった。笠井を苦しめて、滅してやればいいと思ってた。つまんないことだって、少しずつわかってきた。わからせてくれたの、先生だわ」

「もういいよ」

「ずっと、二年近く思いこんできたことだったんで、すぐには捨てられなかった。ビーチハウスに籠ってからは、逆に、捨てようとする自分と闘ってたみたいなものだった。これまでやってきたことはなんだったのかってね。でも、先生が来て、あんな崖を登ってきて、それからここで絵を描くようになって」

「私は、私さ」

「そう。おまえのためだなんて、先生ひと言も言わなかった」

「事実、そうだからさ」

「約束は、守ってくれてるわ。あたしのために、絵を描こうとしてる」

「それも、私のためだ」

「そこまで考えられる人って、いないと思う。あたしは、自分が恥しくなったわ。雨が降ってきたんで、全部洗い流したくなって、裸で飛び出したんです」

「落としたいものが、全部落ちたかね」

「わからない。落とすつもりだったけど」

「そんなものさ」

「脅迫だけは、もうやめてます」

「いいんだよ、それで」

玲子が、私の絵に眼をやった。

まだ半分だ。自分ではそう思っていた。これから、どれだけのものを重ね合わせていけるか。どれだけ情念がこもった絵具を、塗りこめていけるか。

描く速度は、一枚目よりはるかに速くなっていた。

多分、三枚目のキャンバスは不要だろう。

「なんだか、懐しいような気がする。そんな海が、あるような気がする」

キドニーも、同じことを言っていた。川中や蒲生も、そう思うかもしれない。

人の心の底にあるなにかに、触れることができる絵を描きつつある。そう思えるのは、実に久しぶりのことだ。

「絵描《えか》きでよかった」

「どうしてですか？」

「言葉がいらない。この絵一枚で、なにもかもが表現できる」

「それも、長い間、絵を描いてこられたからですわ、きっと」

「生きてきたからさ。とすれば、絵でなくても同じことか」

私が笑うと、玲子の唇もかすかに綻《ほころ》んだ。

外は暗くなりはじめている。しばらく、電灯はつけなかった。眼を閉じた。そうしても、玲子の存在は、私の内部から消えなかった。

風が、また強くなりそうだ。

29　夜の空

眼醒《めざま》し時計が鳴った。

玲子が躰を起こしている。私は、もう一度、眠りに入りこもうとした。いつまでも、眼醒し時計は鳴り続けていた。

ポケットベル。ふと気づいた。

玲子が、闇の中で音のありかを探っていた。私は、明りをつけ、壁にかけた上着に手をのばした。

「坂井からこれを渡されていた。忘れていたよ」

「なにか？」

「緊急連絡用と言っていた。私の車から電話をすればいいんだ」

車に乗って、キーを入れた。電話が鳴っていた。

「坂井です」

「どうしたんだね？」

「そこを、すぐ逃げてください。笠井を追いつめたら、ダミーだったんですよ。笠井はそっちへむかっていると、いま吐かせたところです。できるだけ早く。俺も藤木さんも、いまむかっています。社長のポルシェは、もっと早く着くはずですから。ポルシェを見つけてください」

「わかった」

私は、車を降り、家に飛びこんだ。

玲子が、リビングの絵のそばに立ち尽している。私は画材の蓋《ふた》を閉め、イーゼルから絵を取りはずした。

「この場所に、笠井が気づいたらしい。逃げた方がよさそうだ」

「あたしは、ここにいます。先生だけ行って。笠井が用事があるのは、あたしだわ」

「とにかく、一緒だ。それは決めている。絵を持って、早く付いてきなさい」

私は、画材の箱を抱えあげた。

車に乗りこむ。

そのそばに、玲子が絵を持って立った。

「ここに、残ります。この絵だけ、置いていって」

「画家は、描きかけの絵を、人に贈ったりはしないものだ」

玲子を、車に引きこんだ。

ヘッドライト。松の林を縫って近づいてくる。間に合わなかったようだ。

車は一台だった。私のジャガーをハイビームで照らし出すと、道を塞ぐようにして停止した。

擦り抜けることはできないのか。測ったが、松の幹が邪魔している。おまけに、昼間の雨で、根方のあたりはぬかるんでいるようだ。

車をぶっつける。それで押しのけるしかなかった。

「摑まってろ、玲子」

ローのレンジで、発進させた。

開きかかったドアが、再び閉った。ぶつかった。相手の車が後退しながら、横にずれていく。踏みこんで回転をあげた。

相手も踏みこんでくる。私の車が、右へむきを変えそうになった。ハンドルを、しっかりと固定する。押した。ジャガーが、力をふり絞る。相手の車が、路肩に後退していった。

勝った。そう思った時、もうひとつヘッドライトが現われた。そのまま、ぶつかってくる。私の車は弾《はじ》き飛ばされ、後輪をぬかるみに突っこんだ。

タイヤが空転している。どうしようもなかった。

「降りろ、玲子」

叫んだ。画材の箱だけを抱えて、私は車から飛び出した。蓋が開き、絵具がバラバラと落ちた。とっさに拾いあげたのは、パレットナイフが二本だけだった。

「逃げなさい。ここはなんとかする」

「いや」

「川中さんが、こっちへむかっている。見つけて、ここへ連れてくるんだ」

「いやっ」

「なぜ？」

「大事な人が、あたしの前から消えてしまうのは、もう沢山」

「そうか」

私は、走り出すのをやめた。

二台の車から、男たちが降りてくるのを、立ったままじっと待った。

三人。ゆっくりと近づいてくる。真中の男が、小柄だった。笠井。グリーンの、ゴルフ用のシャツが、ライトに照らし出される。

「絵描きはどいてな」

笠井の声は低かった。

「散々、手間かけさせやがって」

「諦《あきら》めの悪い男だ、君も」

「黙ってろ。ぶち殺すぞ。玲子の居所を摑むのに、どれだけの手間がかかったと思ってやがる。調べても調べても、なにも出てこねえ。そのくせ、電話はかかってきやがる。ホテルにまでな。念のために、おまえのところも調べろってことになった。雨ん中に裸の女がいた。それをうちの若いのが見てきたのさ。それから、川中を撒《ま》くのがひと仕事よ」

ライトの中で、笠井が暗い笑みを浮かべた。

私は黙って、笠井を睨《にら》みつけていた。死ぬ時。それが来たのかもしれない。そう思った瞬間に、頭の中のものはすべて拭い消した。

絵を完成できなかった。それも、仕方がないことだ。その絵と私は、縁がなかったというだけだろう。

「笠井さん。それ以上、近づかないで貰いたい」

「なにを、たわ言吐《ぬ》かしやがる。絵描き風情が、俺に逆いやがって」

「絵描きとして、君とやり合おうとしてるんじゃない。ひとりの男として、君とむき合っているつもりだ」

「笑わせるな。てめえは、後だ。玲子、あれを出しな」

「条件があるわ」

「この期《ご》に及んで、条件だと。どうせ金だな」

「違うわ」

「ちっとは、自分の状態ってやつが、わかってるみたいだな。命のことなら、考えてやってもいい。どこかに売っ払や、そこそこの金にゃなるだろうしな」

「命も、お金も、いらないわ」

「ほう」

「先生を、ここから逃がして。そしたら、あたし隠した場所に案内するわ」

「絵描きの命と引き換えってわけか」

「私は、いやだね。逃げる気はない」

「おい、絵描きは、いやだって言ってやがるぞ」

「先生」

玲子が、背後から私の腕を摑んできた。

「よしなさい」

「でも」

「私のやり方は、私が決める」

「殺すわ。この男、先生を殺すわ」

「こんな男と、先生の命と、較べものにはならないのよ」

「同じだよ。私は、ひとりの男として笠井さんとむき合っている。逃げるわけにはいかないね。そういうものだ」

「いや。馬鹿よ、そんな」

「馬鹿でもいい」

「助かるのよ、命が。お願いだから」

「無理に、生きのびようとも思わない。ここで強くなれるかどうか。それで、私がこれまで生きてきたことが決まる。生きたままの、屍《しかばね》にはなりたくないね」

「いや、いやよ」

笠井が踏み出してきた。

私は、玲子を背後に押しやるようにした。

笠井の手には、黒い光を放つ拳銃《けんじゅう》が握られている。はじめて見るものだった。距離は、五メートル。多分、はずすはずのない距離なのだろう。

「面倒なこと、喋くってんじゃねえ。絵描き、逃げねえんなら、てめえも一緒に来い」

「断る」

「なんだと」

「いいさ」

「私は、ここを動かないと決めた。死ぬ瞬間まで、玲子を守ると決めた」

「なぜだよ。売女《ばいた》だぞ、そいつ」

「自分で、自分の生き方を決めたのさ。死に方も、いま決めた」

「てめえに、なにができる？」

「死ぬことができるよ。それは、なかなか厄介なことじゃないのかね、君にとっては」

「わからねえな、なぜなんだ？」

「だろうな」

「俺は、面倒なことは嫌いでよ」

「私は、自分の生き方で、君と勝負しようとしている。たとえ殺されても、私の勝ちさ。拳銃と素手の勝負なんて、どうでもいいことでね」

「じゃ、死ね」

笠井の手もとで、カチリとなにかをはずすような音がした。

「待って」

飛び出そうとした玲子の腕を、私は摑んだ。

「余計なことはするな。私の命の分だけ、おまえを守ると、約束したはずだろう。最後になって、約束を破る男にしないでくれ」

玲子の腕がふるえていた。私はゆっくりりと、玲子の躰を引き戻した。

笠井にむかって、一歩踏み出す。笠井が、ちょっとたじろいだように、一歩退《さ》がった。構わず、私は二歩、三歩と近づいた。届く。手が届く。私は、パレットナイフを横に薙《な》いだ。爆発音が、耳もとでしたような気がした。暗い空が見えた。痛みが、どこにあるのかは、わからなかった。ただ、まだ生きている。

上体を持ちあげた。はじめて、左肩に重い痛みが走った。

「立たないで、先生」

玲子の声が掠《かす》れている。

彼女を押しのけるようにして、私は立ちあがった。左腕は、自分のものではないように、ダラリと垂れさがっている。

まだ、右手があった。パレットナイフも握ったままだ。

「てめえは、よくも」

笠井のグリーンのシャツが、真横にパクリと割れて、血が噴き出していた。

両脇から、二人が支えている。自分の脚で、立つこともできないのか。かすかに、私は自分が笑ったような気がした。

踏みこんでいく。

「てめえ、来るんじゃねえ」

笠井が、なにかを振り払うように、両手を振った。私は、踏みこんだ。生きている。歩くこともできる。その間は、歩いて、近づいて、闘うことができる。

「食らえっ、野郎っ」

また、爆発音がした。

胸の中を、なにかが貫き通っていった。

倒れていた。松の枝と、その上にある空がよく見えた。玲子が、なにか叫んでいる。

大丈夫だ。私はまだ生きている。声は出なかった。胸が苦しくなり、咳《せき》と一緒に、液体が噴き出してきた。

血だろうか。ふと、そう思った。玲子が、叫び続けている。

また、爆発音がした。

躰は、なんともない。撃たれたのは、玲子なのか。

胸にとりすがっている。間違いなく、玲子だ。死んではいない。また音がした。玲子の躰がピクリと動いた。

足音が、入り乱れた。なにが起きているのか、よくわからなかった。

立つぞ、玲子。そう言おうとした。やはり、声は出ない。

「動かすな」

声が聞えた。

川中の顔が、暗い空の中に現われた。

「俺ですよ、わかりますか？」

ああ、と返事の代りに、私はちょっと首を動かした。

「大木の旦那《だんな》と一緒になってね。いま、笠井は逮捕されましたよ」

「玲子は？」

「かすり傷ですね。いま、大木の旦那が血を止めようとしてます」

「眠っていいかね？」

「駄目です。つらいでしょうが、眼を開けたままでいてください」

「死んでないね」

「生きてますよ」

言葉が出ていることに、はじめて気づいた。

「死ぬかもしれんな」

「死ねないでしょう。先生には、まだ仕事が残ってる。あの絵、描きかけじゃないんですか」

「絵か」

「それから、その娘。これから生きていくために、先生が必要です」

「ひとりで」

言いかけて、私は咳をした。

また、血が噴き出してきたようだ。玲子の躰が、まだ私にのしかかったまま、離れていないような気がした。重くはない。そばにいる。そう思うだけだ。

「眠れないね」

「絵を、描いてくださいよ、心の中で」

海を思い浮かべた。私の海。玲子の海。

川中が、なにか言っている。それが聞えなくなった。

夜の空と、川中の顔は見えている。

30 秋

白い壁。天井。

手を動かそうとして、私は呻《うめ》きをあげた。制作を続けて、死んだようにベッドに倒れこむと、手がどこにあるかわからないようになっている。おかしな姿勢のまま身動《みじろ》ぎもせずに眠って、痺《しび》れてしまっているのだ。

私は、妻を呼ぼうとした。その時、ようやくはっきりと眼が醒めた。

白いシャツを着た玲子が、ぼんやり見えた。化粧っ気もないようだ。

「きれいにしてなさい、もっと」

「わあ、先生が喋った」

玲子が近づいてきた。玲子ではなかった。

「安見くんか」

「あたしの顔、わかるんだ先生。いま、お母さんとお医者さん呼んでくるから」

「玲子は？」

それには答えず、安見は部屋を飛び出していった。

腕に刺さった点滴の針に、私は気づいた。病室であることも、はっきりわかった。撃たれたのだ。ようやく思い出した。それから、川中と喋った。玲子の血を止めているところだ、と川中は言った。それを聞いて眠くなった。

思い出せるのは、そこまでだ。

白衣の男が、入ってきて私を覗《のぞ》きこんだ。眼鏡の奥の眼が、眠そうだった。私の脈をとり、目蓋《まぶた》を覗きこみ、かすかに頷いた。

「元気なもんですよ。回復は早そうです」

眠いのか、医者の声は錆《さび》ついたようにしわがれていた。

「だいぶ前に、山は越えてました。それから一昼夜、眠り続けておられましたがね。体力を取り戻すための眠りだったんでしょう」

「ひどい怪我ですか？」

「一時は、重態でしたよ。どっちに転ぶか、私どもにも判断できなかった。生命力はお持ちですよ」

「そうなのかな」

「若者の持っている気力も、失っておられない。羨《うらやま》しいかぎりですな」

医者は、私とかわらない年齢のようだった。仮眠でもとっていたのか、撫《な》でつけた灰色の髪の、後ろのところが寝癖でピンと立っている。

医者の後ろに、菜摘が立っていた。眼が合ったので、私はかすかに頷いてみせた。ちょっと、菜摘の顔が強張《こわば》ったようだった。

「何時間、私はこうしていました？」

「何時間なんて、もう四日になります。四日目の朝ですよ」

「四日」

「途中で、一度意識を取り戻された。憶《おぼ》えておられないでしょうがね。そこで、山を越えたんです。きのうの昼でしたがね。海のことを、喋っておられましたよ」

「四日、ですか」

「秋山さんの奥さんとお嬢さんが、交代でついておられましてね。そういう看護も、そろそろ必要ないでしょう」

玲子は、動けないほどの怪我なのだろうか。私が眠り続けていたので、同じ部屋に入れることができなかったのだろうか。

「もうちょっと、眠るといいですよ。そういう薬を、点滴の中に入れておきます。今度眼を醒ましたら、自分の口からなにか食べることに挑戦してみてください」

「玲子は？」

医者は、なにも言わなかった。安見の肩を抱くようにして立った菜摘が、かすかに頷いてみせた。

私は眼を閉じた。短い時間喋っただけでも、かなり疲れていた。

すぐに眠ったようだ。

眼醒めたのは、夕方だった。

白衣の看護婦が覗きこんでくる。

「のど、渇いてません？」

「いや」

点滴のせいなのか、渇きはなかった。

「重湯《おもゆ》を、少し口に入れてみましょうね」

「玲子は？」

「玲子？」

「内田悦子という名前かもしれない。この病院に入っているでしょう?」

「いないわ、そんな名前の人」

「いない?」

大した怪我ではなかった。それで入院はしてなかったが、私の看病をすることまでは禁じられているのかもしれない。

看護婦が、重湯を盆に載せてきた。

手馴《てな》れた仕草で、スプーンを私の口に押しこんでくる。少しずつ、重湯が胃に入っていくのがわかった。

決まった量を私の口に流しこんだのか、看護婦は立ち去っていった。

葉巻を一本やりたい。ふとそう思った。腕には、まだ点滴の針が刺さっている。頼んでも、許されはしないだろう。

しばらく、じっと眼を閉じていた。眠りは訪れてこなかった。胃が、働きはじめたのがよくわかる。

ノック。短く、私は返事をした。

入ってきたのは、川中だった。

私の顔を見ても、笑いはしなかった。

「地獄から、戻った気分はどうですか?」

川中はそう言ったが、冗談のようには聞えなかった。

「先生には言ってなかったんですがね」

川中が、私の顔を直視してくる。不吉な予感に、私は襲われた。大木が、玲子を逮捕してしまったのではないか。それとも、別のことか。

「彼女、死にましたよ」

「死んだ？」

「死にました」

「いつ？」

「この間の夜。病院に運んだ時は、もう死んでいた」

「かすり傷、と君は言ったはずだ」

「あの場ではね。先生も、死ぬかもしれないと思った。せめて、生きる気力は持ち続けさせなくちゃ、と思いましたんでね。背中を、二発撃たれてましたよ」

「私を庇《かば》って」

「言いにくいが、そうでした」

私の胸に覆いかぶさっている玲子の躰が、引き離されてもまだそのままあるような気がした。それをいま、私は明瞭《めいりょう》に思い出した。

眼を閉じた。

涙など、出てこなかった。

「私が、死なせたようなものか」

「みんなが、殺した。俺も、あそこへ笠井をやっちまった。慰める気はありません。みんな同じものを背負った。そうとしか言いようがないですね」

「私が、死なせたのさ」

川中は、なにも言わなかった。窓際に立って、外に眼をやっただけだ。

「彼女、篠村の手帳を持ってたんですよ。篠村に預けられたらしい。でも、燃やしちまってましてね。全部、捨てたかったんでしょう、多分。笠井に復讐《ふくしゅう》しようとしたりしている自分をね。蠟燭の火で、細々と燃やしたらしい。なにしろ、家の中だから。燃え残りが多少発見されて、それだけでも充分に証拠物になると大木は言ってました。ならなくても、殺人の現行犯で逮捕されてますがね。自白を、はじめてるそうですよ」

しばらく、川中は黙って窓際に立っていた。なにかを洗い落とそうとするように、雨の中に裸で飛び出していた玲子の姿を、私は思い浮かべた。

どれほどの時間が経ってからか。川中が、じゃ、と軽く手をあげて、出ていこうとした。

ノック。入ってきたのは、キドニーだった。

「久しぶりだな」

川中が、さきに言っていた。

「街じゃ、時々見かけてるよ、川中」

「そうだな」

玲子の名前は、二人の口から出なかった。そのまま、川中は部屋を出ていったようだ。

キドニーも、川中が立っていた窓際で、しばらくなにも言わず外を見ていた。

「透析のついでにでしてね」

キドニーが、私に眼をむけた。深い暗さが湛《たた》えられた眼だ。

「なんで生き続けるんだろうな。血を機械で濾過《ろか》されながら、俺はそればかり考え続けていましたよ」

「なんで、生き残ってしまったのか。私は、そう考えてる」

「強いですよ、先生は」

「玲子を死なせてもかね」

「死を、選んだように思える。結果がどうであれね。人間というの、そんなふうになれるもんですか？」

「ほかに、選ぶものはなにもなかった」

「生き残ることもですか。笠井は、そう供述してるようですよ。自分から撃たれに来たってね」

「それでも、生き残ったさ」

きた。

キドニーが、パイプをくわえた。葉は入っていないらしく、空気を吸う音だけが聞えてきた。

私は、眼を閉じた。なにも考えないようにした。

「いい娘だったんでしょう？」

「私にとっては」

「絵、どうするんですか？」

「生き残ったんだ。描くしかないね」

「これから、なかなかつらいですよ」

「だろうね」

「先生は強い。もともと、強い」

「自分では、そう思っていない。もしそうだとしたら、強さはいまいましいね」

「そんな人、いるもんですよ」

「私にも、必要になるかもしれん」

「なにがです？」

「君が腰かける岩のようなもの」

「俺の岩でよかったら、いつでも貸しますよ」

「そうですね」

「自分で、見つけるさ」

「そうですね」

キドニーは、まだパイプに空気を通していた。

「秋だな、外はもう」

「海には、ずっと前から秋が来ていたんじゃないかね」

「そうですね。今年の秋は、いつもより早いようだった」

「嫌いになるだろうな、これから」

「秋がですか?」

「そして自分が」

「夜ってのが、長いもんだってことも、わかりますよ」

キドニーは、それきりなにも喋らず、外を見つめていた。

やがて、眠った人間を起こさないような仕草で、そっと部屋を出ていった。

私は、眠っていなかった。

亀裂《きれつ》の入った白い天井に、ただじっと眼をやっていた。

本書は平成二年十月に刊行された角川文庫を底本としました。

ハルキ文庫

き3-26

秋霜《しゅうそう》 ブラディ・ドール❹

著者 北方謙三《きたかたけんぞう》

2017年3月18日第一刷発行

発行者 角川春樹

発行所 株式会社角川春樹事務所
〒102-0074 東京都千代田区九段南2-1-30 イタリア文化会館

電話 03(3263)5247(編集)
03(3263)5881(営業)

印刷・製本 中央精版印刷株式会社

フォーマット・デザイン 芦澤泰偉
表紙イラストレーション 門坂 流

ISBN978-4-7584-4075-2 C0193 ©2017 Kenzô Kitakata Printed in Japan
http://www.kadokawaharuki.co.jp/[営業]
fanmail@kadokawaharuki.co.jp[編集] ご意見・ご感想をお寄せください。